Narratori Feltrinelli

Mathias Malzieu
L'uomo delle nuvole

Traduzione di Cinzia Poli

Titolo dell'opera originale
MÉTAMORPHOSE EN BORD DE CIEL

Traduzione dal francese di
CINZIA POLI

Prima edizione ne "I Narratori" maggio 2013

Stampa Nuovo Istituto Italiano d'Arti Grafiche - BG

ISBN 978-88-07-03044-4

Per te, Endorphine, che mi aiuti
a trasformarmi in me stesso

Gli uccelli, li sotterrano nel bel mezzo del cielo. Anche la più elegante delle nuvole è intrisa dei loro cadaverini irrigiditi.

Si dice che 1 goccia di pioggia su 10180 sia la lacrima di un uccello morto e 1 fiocco di neve su 16474 sia il fantasma di un uccello staccato dalla placenta celeste.

Mi chiamo Tom “Ematom” Cloudman. A quanto dicono, sono il peggior acrobata del mondo. C’è del vero. Sono dotato di una goffaggine fuori del comune, ho il potere di sbattere comicamente contro qualunque cosa. La libertà degli uccelli mi affascina e forse li guardo un po’ troppo. A ricreazione, nel cortile della scuola, calzavo già dei pattini con cui speravo di volare e rubare qualche bacio a quelle donne in miniatura esageratamente alte per me. Cadevo molto e volavo poco, o meglio volavo in mille pezzi lividi. Eppure la minima forma di interessamento da parte del “pubblico” bastava a procurarmi una sensazione di invincibilità tanto ridicola quanto piacevole. Per quella sensazione, ne ho combinate di tutte: mi sono lanciato a rotta di collo dal tetto della scuola su un vecchio skateboard agitando ali di cartone. Ho tentato il volo in bici (ma ho lasciato parecchi denti rotti incastonati in un parabrezza). Per citarne alcune! Più cadevo e più diventavo famoso. C’era chi mi lanciava sfide solo per vedermi rovinare a terra. Ridevano parecchio di me. Ho capito di adorare quel misto di trepidazione e adrenalina detto “spettacolo”. Ogni tanto mi rialzavo attorniato da scarpette di vernice multicolore. Mi sono sempre sembrate irresistibili quelle vocine che squittivano “ancora”... Comunque, il mio scopo non è mai stato quello di cadere. A me interessa il breve istante, epico ma assurdo, che lo precede: spiccare il volo.

Più passavano gli anni e più avvertivo il bisogno di sfuggire alla quotidianità. La mia mente reagiva come una pellicola a emozione fotosensibile su cui potevano imprimersi contemporaneamente l'amore e la morte. Ho cominciato a sviluppare una vera e propria fobia per le situazioni normali. Soprattutto mi davano il tremito i pranzi interminabili. Dimenticavo, perdevo, spaccavo telefoni, portafogli e carte magnetiche di ogni tipo. Ovviamente ben presto hanno smesso di tollerare questi capricci infantili. Cercavo scariche di adrenalina: saltare dalla cima di un albero col solo aiuto di un ombrello, scendere un fiume ghiacciato su un canotto forato, scalare il camino della ragazza che mi faceva fremere tanto. Lasciar scivolare nel comignolo il braccialetto d'argento che le avevo comprato sudando le sette camicie; piegarmi un po' troppo per recuperarlo e piombare in salotto, coperto di fuliggine, durante il cenone di famiglia. Volevo sempre qualcosa di più. Più in alto, più veloce, più lontano, più a lungo. Vivevo come una trottola in carne e ossa, e conservavo l'equilibrio soltanto in movimento. I miei parenti cominciavano a preoccuparsi.

Ho fatto il possibile per adattarmi e ciononostante mi hanno cacciato dappertutto. Perfino dalla scuola circense: troppo maldestro. La commissione apprezzava come saltavo sul tappeto elastico mancando sempre la rete, però mi ha spiegato che un clown deve saper precipitare centinaia di volte senza farsi male: non era proprio il mio caso!

Mi serviva un modo per integrarmi e guadagnarmi qualcosa per vivere. Uno spettacolo di arte popolare e acrobazie fallite: perché no? Raccontare storie, suonare l'armonica, rimbalzare, cantare, forse volare, certamente cadere, ma in uno slancio condiviso. Partire. Ora.

Appena qualche istante di riflessione e decisi di mettermi in marcia. Una vecchia canadese, un sacco a pelo, l'ampio ventaglio delle possibilità stipati in un microscopico zaino e via. Non mi ero sentito mai così leggero.

Il vento gelido lustrava le luci natalizie e le stelle sembravano più vicine del solito. Da una casa proveniva odore di crêpe, esaltazione suprema... Già mi vedevo a scoprire regioni inesistenti, a imparare qualunque lingua, a inventarne di nuove, peccato che sia incappato in un senso vietato. Quel furfante si nascondeva nell'ombra, all'uscita del paese. Mi sganciò un pugno all'arcata sopraccigliare con tutta la sua potenza metallica. Giro del mondo in ottanta secondi. Vibravo come un sonaglio. Desiderio di un bel bagno caldo e di una megaspirina. Ritorna al "via"!

Quella falsa partenza mi fece riflettere sulle velleità di fuga. Avevo bisogno di un mezzo, una corazza per ripararmi più facilmente. Un'auto sarebbe stata troppo pericolosa. Il carretto da discesa che usavo per scapicollarmi nel quartiere, troppo fragile. Così mi venne in mente di montare le ruote a una bara.

Nei mesi seguenti mi dedicai alla preparazione del bastimento. All'esterno compensato verniciato, all'interno lenzuola e cuscini. Scaffaletto su cui appoggiare un tascabile e un pacchetto di biscotti – e contro cui sbattere la testa –, fori di aerazione sul soffitto in puro stile "gabbia da animale domestico". Ruote da Bmx, cambio per bici da corsa a dieci rapporti, sellino morbido e manubrio largo. Dopo numerosi tentativi decisamente scoraggianti, a primavera il bolide era pronto: splendente, decorato con adesivi dei Pixies e nuvole dipinte alla bell'è meglio.

L'ora della grande partenza era giunta. Mi allontanai dal paese. Varcare il cartello che indicava la borgata successiva mi diede i brividi alla schiena. Per dormire potevo fermarmi dove volevo. Anche al cimitero.

La bara mobile si rivelò un vero magnete per curiosi. Si interessavano a me perfino i vecchi che arredavano le panchine. In genere parcheggiavo sotto un platano e suonavo un po' l'armonica rimanendo nascosto nell'abitacolo. Quando dal brusio circostante capivo che si era formato un bell'assembramento balzavo fuori sputando coriandoli. Improvvisavo un numero sulla morte di Babbo Natale, ballando il tip tap al ritmo di Johnny Cash,* poi mi arrampicavo su qualsiasi cosa trovassi: un albero, il cofano di una macchina, la pensilina della fermata dell'autobus. Dispiegavo le ali di cartone affermando che sapevo volare. Cadevo, mi facevo più o meno male e concludevo lo spettacolo steso nella bara mobile. In pubblico apparivo sempre con una maschera di Zorro che avevo trovato su una rivista: mi aiutava a vincere le inibizioni e a conservare quel pizzico di mistero leggermente desueto. Non la toglievo nemmeno quando baciavo.

Da un paese all'altro, la notorietà cominciava a precedermi. L'affluenza aumentava: chi mi portava da mangiare, chi cerotti e perfino libri. Mi ero imposto questa regola: non rimanere in un luogo per più di ventiquattro ore. Trascorrevo la notte vicino al posto in cui mi ero esibito e all'alba mi rimettevo in marcia. Capitava che la stanchezza e le brutte cadute mi obbligassero a restare qualche altra ora allungato nella cassa ma non importava, io mi aggrappavo all'entusia-

* Cantante folk americano, la cui voce mette voglia di saltare su un treno. [*N.d.A.*]

smo. L'ondata di libertà che mi scorreva nelle vene mi rendeva felice. Un giorno dopo l'altro, sentivo che la mente ringiovaniva. Il corpo, invece, invecchiava. Rapidamente. Per soddisfare il pubblico, mi lanciavo in esibizioni sempre più azzardate. A pensarci bene, è davvero bizzarro nutrire l'anima con il rumore di qualche applauso! La gente, grossomodo simpaticamente, mi avvertiva che se avessi continuato così, non avrei retto a lungo. Con il passare del tempo, la lista delle ferite e delle varie commozioni cresceva, e la schiena scricchiolava come una vecchia tavola marcia.

Eppure non mi stancavo di gettarmi nelle scorciatoie, nei campi magnetici e in tutte le campagne dispiaciute di vedermi sbattere contro i loro alberi. Il mio cervello è un disco rigido pieno di crepuscoli mascherati da aurore boreali, di volpi che attraversano la strada come missili fulvi. Questo stile di vita era un dispositivo per la creazione di sorprese. Lumache incollate al cuscino, ricci nascosti nel letto o quella ragazza dall'aspetto gotico che voleva dormire nella bara. Io le rispondo che purtroppo non c'è posto per due. Lei replica che non intendeva dormirci insieme a me.

E un bel giorno, un nido di canarini rossi, appoggiato con cura sul bordo del letto. Alcuni sono morti nel sonno, ma ho tenuto i sette sopravvissuti. Forse sono stato la prima cosa che hanno visto. In un certo senso sono diventato il loro padre. Li ho chiamati tutti Michel Platini*. È bello avere diversi Platini con cui formare una squadra. Prestissimo sono entrati a far parte dello spettacolo. Ne avevo sempre qualcuno nella manica. Ampliavano i gesti e, appena crollavo miseramente, mi si posavano sulle spalle. Studiavo il battito delle

*Michel Platini è uno dei maggiori artisti del pallone di ogni tempo. I gol, ma ancor più i passaggi, lo hanno trasformato in un autentico supereroe. [*N.d.A.*]

loro ali, le traiettorie, e mi ispiravo. Man mano, la mia fascinazione per il cielo si affinava. La volta celeste mi ipnotizzava al punto che avrei divorato le nuvole.

Durante l'epopea della bara mobile, mi sono innamorato dei libri. A una coppietta che me ne aveva appena regalato uno spiegai che mi emozionava molto la condivisione di questo immaginario intimo. Ne ricevetti sempre di più. Dal momento che non avevo molto spazio e non riuscivo ad abbandonarli, decisi di incrementarne la circolazione. Appena ne finivo uno, sulla pagina bianca in fondo al testo scrivevo le mie impressioni precedute da questo messaggio: "Se trovi questo libro, leggilo e, una volta che l'avrai terminato, scrivi la tua opinione. Indica anche la data e il luogo in cui lo hai trovato. Poi lascialo in bella mostra in un punto di passaggio". Alcuni di questi libri hanno preso il treno, altri la pioggia. Alcuni si sono smarriti a lungo, altri hanno vissuto una storia d'amore con una borsa. Uno mi è ricapitato perfino tra le mani, con il parere di sette persone.

Ho percorso tanta di quella strada, così in fretta e così intensamente, che non ho avuto il tempo di vedermi invecchiare. Finché il corpo non ha cominciato a reclamare gli arretrati. Il sindacato dei muscoli intorpiditi si è fatto vivo. Prima sordamente, poi le ossa hanno iniziato a cedere. E i nervi si sono tesi al punto che ho smesso di dormire. Ho capito un po' troppo tardi che avrei dovuto imparare ad attutire le cadute, anche quelle involontarie... Sentivo che non avrei potuto più continuare così, ma non riuscivo a farne a meno. Volevo morire e rinascere a ogni spettacolo: era una questione di orgoglio! Gli allarmi potevano scattare quanto volevano, io cantavo a squarciagola per non udirli, per darmi il coraggio di sgranocchiare qualche altro attimo di eternità.

All'arrivo dell'inverno, la logistica si è complicata. Il freddo rendeva i capitomboli più dolorosi. Il pubblico si diradava, allora ho cominciato a moltiplicare le acrobazie fuori programma. Un giorno ho fracassato la vetrina di un panificio-pasticceria tagliando una curva. Qualche bambino ha approfittato della situazione per svignarsela con i bigné al cioccolato, e in paese tutti hanno pensato che lo avessi fatto apposta. Dopo aver sradicato accidentalmente parecchie cassette delle lettere, specchietti retrovisori e svariati portoni innocenti, mi sono dovuto perfezionare nell'arte della fuga.

Finché non mi hanno acciuffato... È accaduto l'indomani di un numero che mi ha messo a dura prova. Sotto una pioggia battente, mi stavo arrampicando dolorosamente su una brutta salita. Un sottile strato di ghiaccio lucidava l'asfalto. Ho sentito che le gambe cominciavano a irrigidirsi e il vascello partiva all'indietro. La bara ha acquistato velocità. Mi sono ritrovato in mezzo alla strada, incapace di governare il timone. Frastuono di motore. Clacson. Esplosione di lamiera e compensato marino. Clacson. Odore di benzina. Clacson. Tutti i Michel Platini in volo. Clacson.

Apro gli occhi. Il mondo è cambiato. L'odore di zuppa della mensa ed etere sostituisce i profumi autunnali. L'asfalto si è trasformato in linoleum; la mia straordinaria bara in un semplice letto. A quanto pare i Michel Platini sono spariti, e anche i colori. Qui tutto è beige e grigio slavato con austeri finestroni. Ogni passo sul pavimento produce il rumore di un cerotto strappato. La gente si annoia, piange, urla. Col sorriso cucito sulle labbra, i parenti portano mazzi di fiori, si ingegnano perché le lacrime scorrano dentro le orbite. Camici bianchi dai gesti meccanici infestano il luogo. Benvenuti nel reparto di oncologia.

La dottoressa che mi ha appena riversato un temporale di incudini sulla testa somiglia alla prof sexy di matematica che avevo una volta. Anche lei assumeva quell'espressione dispiaciuta quando mi restituiva i compiti, tutti rossi di correzioni. Mi accorgevo che provava una certa tenerezza nei miei confronti, ma per me non poteva fare niente.

Oggi il problema è semplice. Anche se sono sempre stato un gran somaro, l'ho capito al volo. Non sono qui per una costola rotta, ma perché un tumore mi si è posato sulla colonna vertebrale. Questa grossa barbabietola è cresciuta senza che sentissi nulla. E adesso mi hanno consegnato la clessidra del tempo che mi resta da vivere. Un briciolo. Appena un briciolo del cazzo!

Un folle aereo mi perfora la testa in silenzio, poi ne passa un altro: pian piano il cervello mi esplode. L'infermiera che mi accompagna in radiologia non osa toglierli per paura che mi dissangui. La gente mi guarda mentre attraverso il corridoio con questa strana foggia da Twin Tower. Su un carrello troneggia un flacone di alcol, lo tracannerei d'un fiato. Una sensazione di vertigine mi cuoce le palpebre a fuoco lento.

Quanto vorrei farmi prendere da una crisi di cielo come da piccolo! Appena la noia faceva capolino come una vecchia tartaruga patita di sudoku, io mi trasformavo in mulino, in vento mugghiante, in tuono.

Oggi darei qualunque cosa per decollare, a costo di rompermi una gamba o anche tutte e due. E.T., capisco perché hai tagliato la corda fuggendo in bici nei cieli. Al posto tuo, avrei continuato a pedalare fino a Saturno senza voltarmi indietro.

Ore sei del mattino. Il direttore d'orchestra degli interruttori fa schioccare i neon e l'ospedale si infiamma come un sole elettrico. Ha allora inizio la grande parata delle Ginger Rogers in camice bianco e scarpette da tip tap di plastica. Ci svegliano all'alba, non sia mai che ci dimentichiamo perché siamo incatenati in un letto tutto il santo giorno. Devo scappare finché sono in tempo. Da sempre l'immobilità mi fa venire il panico. So solo andare avanti, cadere e rialzarmi. Se sono costretto a rallentare, soffoco. Ho bisogno della mia dose di cielo, se non inalo almeno un po' di vento fresco, non riesco a respirare bene. Qui le finestre le hanno costruite per rimanere chiuse. Anche la luce sembra fatichi ad attraversarle. Nei corridoi i televisori lasciano echeggiare risate preregistrate. Mi mettono voglia di piangere. Dovremmo organizzare un megaconcorso di lancio dei televisori contro i vetri. Almeno avremmo qualcosa da fare. Non posso stare ventiquattr'ore su ventiquattro col pigiama da apprendista cadavere! I cerotti che ancorano i tubi alla pelle mi tirano i peli come se volessero abituarmi a limitare i movimenti. Ho paura. Una paura sorda che si appiccica alla mente. Niente a che vedere con ciò che provavo prima delle acrobazie. Vorrei andare in letargo e svegliarmi guarito. Per qualche secondo questa idea mi rincuora. Poi la realtà riprende il sopravvento.

Sono in trappola. Benché provi a convincermi del contrario, so perfettamente che non potrò più uscire dall'ospedale. Anche se i Michel Platini venissero a bussare alle finestre, non avrei la forza di seguirli. La Barbabietola che mi cresce dentro è già troppo pesante e, se mi mettessi in cammino senza farmi curare, mi schiaccerebbe in un soffio. D'altronde se resto qui, finirò per impazzire. Le notti e i giorni mi accumulano il vuoto in fondo al cranio. La mente riempie gli scatoloni, quasi stesse per traslocare. Qualche volta il pomeriggio passeggio nel parco. Abbraccio gli alberi e provo a leggere un po'. Cerco degli stimoli, ma la Barbabietola ha tracciato un limite invalicabile intorno ai miei sogni: sembra la scena di un crimine. Ormai mi è proibito entrare.

"Allora, come va, signor Cloudman?" chiede la dottoressa appena entra in camera con le penne a sfera appese al seno.

"Potrebbe andare peggio."

"Deve sforzarsi di stare su col morale. Il buonumore aiuta a combattere la malattia, sul serio. Sa che in reparto c'è uno dei suoi più grandi ammiratori?"

"Un ammiratore?"

"Si chiama Victor, ha otto anni e ha assistito a un suo spettacolo in paese. L'ha riconosciuta nel parco."

"Perché è ricoverato qui?"

"Leucemia..."

Di punto in bianco passa a spiegarmi il complesso piano di attacco per sconfiggere la Barbabietola. L'ascolto con un orecchio solo e la guardo mentre esce dalla stanza per completare il giro delle visite.

Se all'età di quel bambino avessi scoperto di dover vivere in ospedale, sarei morto sul colpo. Fulminato dalla noia fin dalla prima notte. Almeno io ho avuto il tempo di approfittare delle primavere impetuose e di prendermi qualche insolazione. Mi hanno permesso di coltivare un po' i sogni all'aria aperta. Victor può far crescere i suoi solo alla luce dei neon.

Conosco la rapidità con cui la Barbabietola può disperdere le fantasticherie negli angoli più remoti del cervello. Non posso lasciarmi inghiottire così! È deciso: riprenderò servizio. Tornerò a essere ciò che sono sempre stato. Barbabietola del cazzo, devo dribblarla alla Michel Platini. Far risuonare il canto delle possibilità, ballare per sempre, volare anche se poco, anche se male! Preparatevi, Tom "Ematom" Cloudman sta tornando!

Rannicchiato sul letto, scruto la luna nascosta sul limitare del bosco di edifici. Ascolto l'autostrada che respira in lontananza, sollecitato dai suoi motivi da disarmonica fanfara elefantiaca.

Il "clic" del catetere che si stacca mi provoca una sensazione di meravigliosa libertà. Sciolto dalle catene di plastica, comincio a sventrare i cuscini. Il rumore del tessuto che si strappa è bellissimo. Le piume mi scivolano fra le dita, quindi smonto l'ossatura metallica della flebo per appropriarmi dei rami più sottili. Torcendoli un po', ricavo le armature per le ali. Incollo le penne sulle aste di metallo e le appiccico alle braccia con lo scotch, cercando di evitare le zone più pelose. Ultima tappa: attaccarmi la struttura alla colonna vertebrale. Raddoppiare, triplicare i cerotti così che ali e corpo restino uniti. Il contatto del freddo metallo mi scatena un'ondata pungente fra le reni. Questo rito sprigiona una singolare magia. Mi piace toccarmi il piumaggio, osservare come cattura la luce. Ma ho bisogno di altre piume, me ne servono molte di più.

Decido di andare alla conquista di nuovi cuscini. Apro la porta della camera in silenzio. Senza la flebo divento quasi invisibile. Passeggio nel reparto sbattendo le ali al rallentatore, divertito dal mulino a vento che creo. Dopo aver familiarizzato con il mio costume da passerotto, prendo lo slancio e mi scaglio selvaggiamente su un carrello portavivande. Quello si mette a girare su se stesso, accompagnato da uno scricchiolio di bicchierini di polistirolo e mi dà una certa voglia di vomitare. La Barbabietola ricorda al corpo che sono in suo potere.

Con la casuale disinvoltura di una roulette al casinò, il carrello si ferma davanti a una stanza. La porta è socchiusa, osservo due vecchietti che russano dando prova di straordinaria sapienza ritmica. Quando la pancia dell'uno si gonfia, quella dell'altro si sgonfia: sembrano due contrabbassi che si rispondono. Le gocce che scendono nelle flebo tengono il tempo e il "bip" della macchina della morfina segue all'unisono. Ogni tanto uno dei due tossisce, emettendo un rumore simile a una scatola di chiodi, eppure hanno un'aria stranamente felice. Così felice che quasi quasi sgraffignerei i loro cuscini! Mi avvicino nel silenzio vibrante dei neon di sicurezza. Quando facevo l'acrobata andavo avanti solo grazie a questo misto di angoscia, euforia ed emozione. Con gesto deciso lacero entrambi i guanciali, poi allargo la ferita affinché il tesoro di piume si sparpagli. Schiaffo il bottino sotto il pigiama, che non è mai stato tanto morbido. Gli orchi russatori ciondolano il capo, tranquilli.

Mentre riparto con il carrello per proseguire la visita della galleria dei mostri addormentati, un dolore improvviso si risveglia, mi percorre il rene sinistro, attraversa l'addome e mi rivolta lo stomaco. Aspetto che il mezzo si fermi definitivamente, quindi a fatica scendo per riguadagnare la camera, piegato in due. Le ali urtano contro la cornice della porta. Si sfasciano dietro di me: depilazione gratuita delle scapole. Le raccolgo con la vergognosa disperazione di chi ha calpestato il proprio castello di sabbia.

Sta per albeggiare, tento di nascondere il bottino fra la rete e il materasso, e ho la sensazione di essere "in compagnia". Forse è il fantasma di qualcuno appena morto, e un po' nostalgico. Se mi unirò a loro, farò l'idiota tra le nuvole o mi immergerò nelle valanghe. Una cosa è certa: non resterò in questa anticamera della morte! Nel frattempo, non oso chiamare un'infermiera perché mi rimetta il catetere.

Ogni mattina appoggio il cranio sul cuscino squarciato. Lascio scivolare le mani sotto la nuca per sollevare la testa e, tranquillo, aspetto il verdetto. L'intensità sonora dei passi di plastica aumenta. Altre due camere e poi toccherà a me.

Iniezioni e colazione, questo passa il convento: pane sminuzzato, duro da lasciarci i denti, con crema di compresse amare.

"Ancora queste stupidate col cuscino! Il corridoio era pieno di piume, e sa dove portano?" chiede la mia infermiera preferita sprizzando la siringa in aria.

"No! Me lo dica lei..."

"Qui portano! Non possiamo andare avanti così. Sarò costretta a parlarne con la dottoressa Cuervo. Lei è un po' cresciutello per giocare a Pollicino!"

Mentre mi asciuga la goccia di sangue che stilla nell'incavo del braccio, l'infermiera farfuglia l'ennesima lezioncina da maestra sfiorita. Forse teme che la dottoressa sexy o qualcun altro la rimproverino. Per tutta la vita, ho cercato di sfuggire ai diktat di queste squallide grettezze ed eccomi rispedito al via, con una serie di cloni in camice bianco che dettano legge nella mia stanza. Il corpo si vendica dei rischi a cui l'ho esposto senza che sia riuscito neppure a lanciarlo al di sopra della traiettoria di un aereo di carta?

Una mezz'ora più tardi l'iniezione comincia a fare effetto, i nervi si distendono e le palpebre chiudono bottega. È impressionante quanto sia rapida la trasformazione di un individuo in un robot ospedaliero. Innanzitutto la flebo e il pigiama ti cambiano l'andatura. Il letto poi ti inghiotte come una pianta carnivora. Presto qualsiasi sensazione suscitata dal sole o dal vento sparisce e in testa inizia a piovere. Ti dimentichi di camminare, ridere. E per quanto tu cerchi di praticare il sogno, il dolore e la sua scorta medicamentosa hanno il compito di ricordarti che inevitabilmente sei rinchiuso.

Ma la cosa peggiore è svegliarsi nel cuore del giorno in questo cimitero di viventi. Nessuno legge, tutti sbadigliano davanti alla tv. È il momento delle ore flaccide, dei molli orologi alla Dalì. I minuti si mascherano da ore. Li vedo all'opera. La camera è un'implacabile morsa, ogni giorno che passa le pareti si restringono un po'. Dal soffitto spuntano siringhe che mi pisciano etere negli occhi. Affogherò tra le lenzuola. Diventerò una sirena in pigiama. Una sirena che non sa nemmeno nuotare.

Un'infermiera mi sbatte il quotidiano locale sotto il naso, insieme al vassoio con il pranzo. È aperto alla pagina della cronaca. Un trafiletto al centro delle notizie cittadine attira la mia attenzione:

Fine della fuga per Tom Cloudman?

A quanto pare Tom "Ematom" Cloudman ha siglato l'ultima performance. Del grande specialista delle acrobazie fallite, ricercato dalla polizia per aver compiuto atti vandalici contro varie recinzioni di giardini e vetrine di negozi con il suo carretto, non si hanno più notizie da diverse settimane. La carcassa del suo "mezzo" è stata rinvenuta ai bordi di una strada. Si dice che sia ricoverato in un ospedale della regione, in condizioni preoccupanti. Alcuni sostengono che Tom Cloudman abbia inscenato l'incidente per abbandonare il paese. "Attualmente si esibisce all'estero ed è in splendida forma," affermano. Poiché Tom Cloudman appariva in pubblico esclusivamente mascherato e non ha mai svelato la sua vera identità, nessuno è in grado di sapere realmente dove si trovi il peggiore acrobata del mondo.

"Non sarà mica lei Tom Cloudman?" mi chiede l'infermiera.

"Temo proprio di sì..."

"Questa poi! È uno scoop! Faremo pagare il biglietto d'entrata," dice con quella gentilezza un po' desueta tipica delle anziane vicine di casa che parlano sempre del tempo.

Non credo di avere voglia che la gente mi veda con questo pigiama in ospedale. È arrivato il momento di impiumare definitivamente il costume da uccello.

Mi hanno costretto a perfezionare la tecnica del furto perché seminavo troppe penne nei corridoi. Ormai vado a caccia armato delle federe dei guanciali vuote, che riempio freneticamente. Sto imparando a camminare senza fare rumore, come se avessi i cuscinetti sotto i piedi. Ho individuato le porte che cigolano e i malati con il sonno leggero. Tuttavia, qualche volta mi capita di urtare in un televisore o in un catetere messo male. Quando torno in camera, con pazienza incollo le piume una a una con i cerotti. Assaporo questo gioco di ricostruzione. Presto le ali cominceranno a sembrare vere e finalmente potrò andare a trovare quel famoso Victor.

Una mattina, rientrando nella mia prigione ovattata, ho scoperto due guanciali nuovi di zecca adagiati sul letto con cura. Sono grandi e morbidi, e in trasparenza si vede che sono riempiti di piume rosse. Ci appoggio la testa cauto come un uovo dentro un nido di aironi. Mi raggomitolo fino all'estremo tra le mie braccia, e provo a immaginare chi sia stato così gentile da sostituire i cuscini nel cuore della notte. Forse qualcuno mi ha rintracciato grazie al trafiletto apparso sul giornale? Il corpo si rilassa, lascio che la mente vaghi dietro impalpabili fantasticherie.

Non ho il coraggio di squarciare questo lussuoso nido.

Ma ho bisogno di altre piume. Nel corridoio risuona la fredda musica delle macchine che tengono in vita. Osservo le ali e non posso fare a meno di sognarle ricoperte di quella misteriosa peluria color carminio. Alla fine lacero i guanciali. Tesori di setosa morbidezza con cui mi affretto a ornare i nuovi arti, ormai bicolori. Il mio riflesso nella finestra ci guadagna. Sbatto le ali che mi regalano un fruscio molto più soffice di ieri. Decido di tornare in corsia a rubare: forse ho qualche altro minuto prima dell'ora fatidica. Apro la porta in punta di piedi. La penombra si adorna di riverberi caleidoscopici. Avrei dovuto annotare il numero delle camere che ho saccheggiato stasera: non so più quale scegliere per il prossimo furterello. Trattengo il respiro e mi dirigo in fondo al corridoio. In genere non mi avventuro mai fin qui. Ho la sensazione che qualcuno mi spii.

"Buongiorno!" sussurra una vocina delicata.

Sobbalzo e, quando mi volto, vedo un bambinetto di dieci anni appena chino sul carrello portavivande. La testa liscia, gli occhi-nuvole e le briciole di sorriso somigliano alle braci di una luna costretta ad alzarsi troppo presto.

"Buongiorno..." gli rispondo esitante.

"Anche ieri sera l'ho vista passare con le ali nel corridoio. Lei è Tom Cloudman, il supereroe?"

"Be', come dire..."

Posa l'indice davanti alla bocca, scuote il capino da uovo di Pasqua e bisbiglia:

"Mi chiamo Victor e so mantenere un segreto. Non lo dirò a nessuno!".

"Grazie, ometto. Grazie mille!"

"È ferito? Sembra che le abbiano masticato le ali. E che l'abbiano anche rimpicciolita!"

"Uhm... già! È stato un mostro-verdura. È enorme e potentissimo, e ha un trucco: annega la gente in una zuppa appiccicosa, una zuppa di porri!"

"Non vorrei mai morire in una zuppa... Mi fa schifo anche mangiarla..."

"Non preoccuparti, ometto. Non glielo permetterò!"

Il bambino-luna non pare del tutto rassicurato.

"Devo tornare nel nascondiglio, ma ci possiamo rivedere domani sera, facciamo..."

"Alle dieci, quando restano accese solo le luci di sicurezza?"

"D'accordo."

"Fantastico!"

Mi tende la minuscola mano. La stringo come se fosse quella di un vecchio amico.

"A domani! A domani, Megatom Cloudman," mormora saltando giù dal carrello.

I numerosi fili delle sue flebo che rimbalzano sul linoleum somigliano ai tentacoli di un polpo di gomma.

Mi infilo nel letto e ripenso a Victor, al pigiama troppo grande intorno a quel corpo di bambino che avanza al rallentatore, alle sue fossette da cartone animato. A vederlo passeggiare nei corridoi a notte fonda si direbbe che sia lui il supereroe.

"Buongiorno," esclama l'infermiera con tono rigorosamente simile a quello di ieri e di domani.

"Buongiorno."

"Di prima mattina è tutto sorridente e per terra non c'è nemmeno una piuma. Facciamo progressi!" afferma preparando l'ennesima iniezione. "Per cortesia, signor MacMurphy, allunghi il braccio..."

"Cloudman!"

"Si è staccato il catetere! Cosa si è inventato stavolta?"

"Delle ali."

Posandomi le dita con le unghie mal dipinte sulla spalla sinistra, l'infermiera scopre al tatto la struttura metallica nascosta sotto il pigiama. Mi chiede di toglierlo. Obbedisco e mi ritrovo davanti a lei a petto nudo, con un paio di ali che spuntano da dietro la schiena.

"Conosce i rischi a cui si espone interrompendo le cure?" mi domanda visibilmente turbata.

"Sì."

"Mi dia quel coso! E per favore si rimetta subito il catetere."

“So staccarlo, ma non riattaccarlo.”

“La pazienza ha un limite! Chiamo la dottoressa Cuervo.”

Dopo qualche minuto, nel corridoio sento galoppare degli zoccoli. Visto che in questo ospedale i cavalli scarseggiano, immagino che dovrò subire un piccolo processo.

Sono in quattro. La dottoressa è in prima linea. Pronta in agguato, c’è l’infermiera con il suo cervello da adulto incompatibile col mio. Ai lati, due inservienti in camice azzurro. Si avvicinano, il primo mi blocca al letto con la forza sufficiente a umiliarmi, il secondo rimuove le ali con uno strappo secco. I cerotti mi sradicano abbastanza peli da scatenare il meccanismo dell’ira più furibonda. Il loro sguardo e soprattutto il modo in cui fanno a pezzi le ali per gettarle nel cestino intensificano il terremoto che mi scuote la testa. Ascolto lo scheletro metallico dei miei gonfaloni che si torcono. L’energia sprigionata dalla rabbia mi riporta a una sensazione di grande vitalità. Potrei fracassare la parete a pugni, crearmi un varco e mettermi a camminare sulle nuvole fissando l’orizzonte negli occhi.

“Basta, signor MacMurphy. Si calmi, per favore...” implora la dottoressa con dolcezza.

“Cloudman!”

“Non si deve togliere la flebo. È indispensabile per tenerla in vita; le rigenera il sangue.”

Si volta verso i suoi accoliti, facendo loro cenno di uscire.

“Provo solo a dare un po’ di senso al tempo che mi resta,” le confesso, una volta che gli altri se ne sono andati.

“Comportandosi così, lei manca di rispetto a se stesso e alle persone che la curano. Mi ascolti, signor Cloudman. Sono oncologa, ho visto ristabilirsi pazienti messi molto peggio di lei. Non sottovaluti le potenzialità dei trattamenti. Non le permetterò di sprecare le possibilità di remissione."

I pugni chiusi le deformano le tasche del camice.

"Conto su di lei," afferma lasciando la stanza.

Il legumoide si fa più potente. Mi ha piratato il codice del sistema respiratorio. Mi basta il minimo sforzo e ansimo come un vecchio. Mi sento obeso, eppure dimagrisco. Simultaneamente il tempo rallenta e accelera, dandomi il capogiro. Ogni tanto, per fortuna, i calmanti mi aiutano a trovare la via d'uscita dal labirinto dell'insonnia.

Stamani una carta rossa ha attirato la mia attenzione. Una busta, insolita come una rosa spuntata sulla banchisa. Ho cominciato ad aprirla con estrema delicatezza. Alla fine, colto da impazienza, l'ho fatta a pezzi per liberarne il contenuto che purtroppo era strappato. Una fotografia. Ricomposta, ritrae un uomo con la testa da uccello e le ali sulla schiena. Le piume dello stesso color vermiglio della busta spiccano sul nero brillante del costume. Intorno a lui aleggia qualche nuvola che ingentilisce l'immagine. Chi può avermela spedita?

Punto nel vivo, ho raccolto dalla spazzatura le ali piegate, a cui ho tolto le siringhe usate incastrate nelle penne. Mi sono detto che forse durante un'acrobazia fallita anch'io le avrei ridotte in questo modo. Adesso credo di preferirle così.

La flebo complica il lavoro di saccheggio ma non la stacco, quindi inciampo nei fili oppure con la struttura metallica sbatto nelle porte. Sempre più spesso sveglio le mie vittime. Seguono urla, interruttori premuti e infermiere scatenate. Ormai ho fatto amicizia con gli orchi della 312. A luce accesa, sono talmente bianchi che si confondono con le lenzuola.

"Che combini con questa maschera?" mi ha chiesto il più anziano dei due, mentre invano tentavo di sciogliere il nodo che intrecciava le nostre flebo.

Mi sono scusato di averli disturbati e ho spiegato il motivo per cui volevo le piume. Hanno brontolato qualcosa sotto quelle barbe da Babbo Natale e mi hanno mandato via con l'imbottitura dei loro guanciali. Da allora, ogni sera lasciano qualche penna ai piedi del letto. E io non devo più interrompere il loro sinfonico russare.

Stacco la flebo solo quando incontro il bambino-luna. Per lui recito la parte del mago, invento storie che ci permettono di sognare.

Ieri sera gli ho raccontato che intendo saccheggiare i cuscini dei lussuosi alberghi svizzeri. Oggi lui mi ha confidato il suo piano: fingerà di essere morto e scapperà con me nella bara mobile. Assolderemo una muta di cani da slitta per svignarcela e poi, tesori elvetici, a noi!

Imparare a morire in primavera ha i suoi vantaggi e svantaggi. Quando mi concedono una breve passeggiata nel parco, il vento tiepido che accarezza il pigiama di carta mi provoca una sensazione di incredibile spreco. Dopo un quarto d'ora di cammino, anche la brezza più clemente mi rende faticoso il passo. Appoggio il corpo su una panchina. La giornata volge al termine. Gli altri apprendisti cadaveri sono già saliti per allenarsi a crepare nei letti. Farò come loro. Un'ultima occhiata al cielo spoglio, poi rientro.

Proprio allora una piuma rossa mi cade ai piedi. La raccolgo: sicuramente è sorella di quelle con cui sono imbottiti i miei cuscini. Un'altra mi si posa sulla testa. Alzo lo sguardo e scopro una pioggia di piume rosse che si riversa al rallentatore sul parco. Le sfumature ocra del crepuscolo sono intonate e il cielo sembra sanguinare. Impossibile sbagliarsi: questo morbido diluvio proviene dal tetto dell'ospedale. Lassù stanno sventrando nuvole di uccelli? Cosa succede su quel tetto? Sarà la porta di ingresso al cielo? Stasera andrò in esplorazione.

Dietro le finestre della camera, la notte cresce. Il "clic" del catetere che si stacca mi fa salire un brivido alle scapole.

"Clic", questo acceleratore della morte mi regala uno spiraglio di libertà. È strano, ma quando la Grande Falciatrice e il suo carosello di ombre si avvicinano, si vede la vita più chiaramente. Dovrei ascoltare la dolce dottoressa e restarmene prudente a letto, tenuto al guinzaglio dalla flebo. In cuor mio, qualcosa mi dice che lei ha ragione. Ma nella clessidra vedo i granelli di sabbia che scendono sempre più veloci: lo sento a ogni gesto che compio.

Quindi come un fantasma spiegazzato mi accingo a svolazzare fino alle scale di emergenza. Il rumore dell'ascensore desterebbe troppi sospetti, così ripiego su un'ascesa all'antica. Quattro piani prima di raggiungere la vetta e i suoi misteri color carminio. Un furioso maestrale sconquassa le ombre dei pini contro le finestre, quasi volesse dissuadermi dal salire ancora. Ogni passo fa scricchiolare i gradini di legno della scala a chiocciola. La notte mi stringe le gelide dita intorno al pigiama. Mi avvicino all'ultima tappa, una scaletta di metallo simile a quelle che si trovano a bordo piscina. Avrei preferito un trampolino per lanciarmi subito in cielo aperto: un vecchio riflesso. Sollevo la pesante botola, che cigola producendo un rumore lugubre, e mi arrampico sul tetto. Non credo ai miei occhi.

Una gigantesca voliera! Una reggia di piume costruita direttamente nel firmamento. Da terra fino al cielo, tutto è rivestito da un piumaggio scarlatto. Al centro svetta un'immensa gabbia, con un numero inverosimile di alcove; lì nidifica un nugolo di cardellini, di organetti striati, e altri uccellini scintillanti, che dormono con il becco fra le piume. Tutte le sfumature di rosso infiammano il buio. Mi avvicino. I piedi affondano nell'incantevole tappeto. Ogni passo è una carezza. Una folata di vento mi rovescia le ali come se fossero un vecchio ombrello. A momenti perdo l'equilibrio, ma sono troppo ammaliato per avere paura. Si accende un fascio di luce. Il mio cuore non batte più, balla. Mi avvicino ancora.

Due strani uccelli lanuginosi, grandissimi, sono abbarbicati sul tetto della casetta: due giocattoli meccanici in mezzo a volatili in carne e ossa. Quando raggiungo la soglia, dispiegano le ampie ali con un suono di ingranaggi. Resto immobile per qualche secondo. È divertente e spaventoso al tempo stesso. I finti corvi hanno svegliato gli uccelli veri che a loro volta dispiegano le ali, spalancano gli occhi come capocchie di spilli e iniziano ad armonizzare selvaggiamente i pigolii. Spiccano il volo e, in un lampo, formano una squadriglia che mi volteggia sopra la testa. Grida acutissime sostituiscono il canto. Il fracasso di ingranaggi si intensifica, e i volatili mi sfiorano. Uno di loro mi becca in punta al capo: nemmeno qui sfuggo alle punture! Cerco di indietreggiare ma perdo l'equilibrio e mi trovo faccia a faccia col vuoto. Distinguo le strisce bianche del parcheggio. Mi becchettano sempre di più. Il piede sinistro scivola sul cornicione mentre quello destro penzola già nel vuoto. Sbatto invano le braccia come se avessi davvero le ali. Cadrò.

Proprio allora sento una mano stranamente delicata attorno al braccio, poi un'altra, attorno alla spalla. Qualcuno mi trascina sul tetto. Senza fiato, mi distendo sul pavimento tappezzato di piume.

"Non è prudente passeggiare da queste parti, non lo sa?"

Queste parole dalla sonorità artificiale provengono da una figura piumata. Al buio non riesco a distinguerla. Profuma, un misto di caldarroste ed erba appena tagliata.

Provo a balbettare una risposta sensata, ma la paura insieme all'emozione mi tira fuori un puzzle di frasi insulse. Profferisco qualche parola smozzicata da ricomporre a piacimento.

"Presto la regina degli uccelli deporrà le uova," mi interrompe il mio salvatore. “Gli uccelli non ce l’hanno con lei, ma quando proteggono le uova sono più feroci dei pitbull!”

“Lei chi è?”

“Qualcuno che le consiglia di tornare in camera il più presto possibile perché sono le sei meno dieci, caro Cenerentolo!”

“Lei... veglia su di me?”

“Sei meno nove...”

A malincuore lascio questo luogo meraviglioso, raggiungo la mia stanza e, proprio all’ultimo, mi infilo sotto le coperte. Attacco la flebo un attimo prima dell’alba elettrica.

Per una volta sono quasi felice di essere a letto. Nel corso della giornata avrò modo di fantasticare sulle incredibili rive del cielo. Mi ripeto che potrò tornarci, e questo addolcisce enormemente le mie prospettive. Dovrò indagare, scoprire qualcosa in più sulla voliera magica e sulla sua proprietaria.

Cerco di inchiodare le palpebre per cullare il mio sogno rosso più che posso, ma quello alla fine mi sfugge. Devo riprendere contatto con il male che mi divora. La Barbabietola mi aspetta con pazienza infinita, sembra un serpente che viene ad annusare la preda, a controllare che la carne sia davvero viva. Me la immagino mentre lancia un’occhiata divertita alla tabella su cui annotano i risultati delle analisi quotidiane.

Bussano alla porta. È la mia infermiera Pauline, così stupida che talvolta sconfina nella cattiveria. Fra le braccia ha una lunga scatola di cartone bianco chiusa con un nastro di lana color granata. Mi sorprende che maneggi un oggetto così allegro. Lo posa sul comodino sorridendo in modo strano. Tiro fuori dal letto il mio corpo da giovane vecchio e mi impegno a sciogliere il nastro delicatamente. Sollevo il coperchio: piume rosse fino al bordo. Ci immergo le mani, poi le braccia, le spalle. Porzione celeste con servizio in camera. Frugo sperando di scovare un messaggio, quando all'improvviso, in fondo alla scatola, sento qualcosa di freddo e duro. Estraggo due scheletri di ali meccaniche nuovi di zecca. Hanno quattro articolazioni mobili e un'apertura alare lunga quasi il doppio delle mie braccia. Il bambino che è in me balza fuori: emozionante sensazione natalizia. Erano anni che non provavo più questa gioia.

"Buonasera Tom, come si sente oggi?" mi chiede la dottoressa, di cui non mi ero nemmeno accorto.

Inutilmente cerco di occultare le ali sotto le lenzuola e di cancellare il sorriso beato che mi illumina il volto. Tossicchio per darmi un contegno adatto allo status di apprendista malato.

"Non deve nascondere le ali."

"Non le voglio ritrovare piegate nella spazzatura."

"Potrà indossarle purché non si stacchi il catetere."

Sono pronto. Ho lavorato freneticamente tutto il pomeriggio. Non ho visto neppure calare la notte. Ho incollato piume, piume, piume all'armatura che poi ho fissato al pigiama da combattimento. Bisogna mettersi in tiro per raggiungere le rive del cielo. All'idea di tornare lassù, il cuore scalpita a un ritmo punk-folk.

"Wow! Che classe! È il nuovo costume per le nuvole?" esclama Victor, a spasso nei corridoi.

"Il nuovo 'cosa'?"

"Il costume per le nuvole. Per passeggiare fra le nuvole!"

"Ah... certo. Stasera lo sperimento sul tetto."

"Posso venire con te?"

"È pericoloso..."

"Appunto!"

Quegli occhi troppo grandi per l'età e le palpebre che ci sbattono sopra delicatamente come nuvole mi rendono il compito più arduo.

"Ascolta, Victor... Prima lasciami controllare che il tetto non sia infestato dai fantasmi poi ti ci porterò, hai la mia parola. Che ne dici?"

Accenna un piccolo sì.

"Vado molto d'accordo con i fantasmi; quindi, anche se

li trovi, la prossima volta mi ci puoi portare," risponde sistemandomi le ali con solerzia e punteggiando la frase di risate da topolino di un cartone animato.

"Promesso."

Resta in mezzo al corridoio e continua a guardarmi mentre varco la porta che conduce alla scala di emergenza.

Eccomi per la seconda volta in riva al cielo. La mancanza dell'effetto sorpresa non sminuisce la meraviglia di questo luogo. Anche stasera sono senza fiato, ciononostante le ali nuove fiammanti mi procurano una certa sensazione di invincibilità. Osservo tutti i particolari molto attentamente: gli uccelli fatti a mano sistemati nelle gabbie sospese in mezzo ai veri pettirossi addormentati, l'edera di piume che sale, divora ogni millimetro quadrato, mettendo un'irrefrenabile voglia di avvolgercisi dentro, la nebbia che si muove al rallentatore mischiando i riflessi lunari alla notte. Pare che il tetto sia staccato dall'ospedale e vada alla deriva all'infinito. Nel bel mezzo della voliera domina una gigantesca palla di cotone a forma di uovo. O la signorina-uccello ha strappato questa nuvola direttamente dal cielo oppure ha esagerato con i batuffoli struccanti. Non tira vento, eppure una carezza ventosa anima le piume. Non sarà davvero una voliera infestata dai fantasmi? In definitiva, mi sentirei più tranquillo se Victor fosse con me.

Mi avvicino all'opulento cumulo e capisco che è un nido riempito con una dozzina di uova dipinte a mano. Dipinte col rossetto, mi sembra. Sopra la testa avverto un leggero stridio di ferraglia. Il suono si fa più insistente e quel vento, che non si sa da dove venga, si intensifica. Pare che il cielo respiri a piccole raffiche. Alzo il capo e proprio lassù riconosco il cestello di un'altalena. Una figura familiare entra ed esce dall'oscurità come il fantasma di un uccello, e forse lo è davvero. Mi coglie un improvviso e incontrollabile desiderio di acchiapparla quasi fosse il pompon che i bambini devono acciuffare sulla giostra. Chissà, magari potrei vincere un giro del cielo accanto a lei. Un completo di piume le avvolge il corpo e le disegna incantevolmente le curve dalla testa ai piedi. Sul viso ha un cappuccio così stretto che non le lascia spuntare nemmeno le orecchie: è una specie di Cappuccetto Rosso in versione cardellino sexy. Indossa guanti di velluto nero. E se invece fosse una ladra? Mi avvicino. Questa ragazza è una torta di panna montata su tacchi alti e la sua bocca lampeggia come il più appetitoso dei fari. Il cestello rallenta producendo il fruscio di un coleottero, mentre il mio cuore accelera. Un uccello appollaiato in cima alla clavicola sinistra le conferisce un'aria un po' piratesca. Mi avvicino ancora. Ha il musetto ricoperto di piccolissime piume che si animano alla minima espressione. Sugli avambracci ne ha altre molto più lunghe, che si estendono maestose fino a diventare ali.

"Lei è un gran testardo..." dice dondolandosi placida, con quella voce dagli accenti caldi e un certo non so che di sintetico.

"Ci tenevo a ringraziarla per le ali," rispondo agitandole goffamente.

"Prego... Le indossa con comica eleganza."

"Come devo prenderla?"

"Come l'inizio di un complimento."

"Cioè?"

"Dovrà imparare a rendere la comicità più elegante."

Si dice che le donne più belle del mondo facciano girare la testa, ma questa fa venire il torcicollo! Con la sua fabbrichetta di vento mi telecomanda i movimenti del collo. Tutto palpita. Le piume che ondeggiano sulla pelle le donano un'enorme espressività. Potrebbe comunicare con me senza profferire parola. Mi sono arrampicato sulla scala di emergenza con l'intenzione di sapere tutto su questa sirena celeste. Ma adesso ho solo voglia di restare qui fino all'alba ad ammirare lo spettacolo della sua bocca in movimento. In basso scorgo i camion che solcano l'autostrada, battito cardiaco di un altro mondo.

La donna-uccello frena il cestello con i piedi e si avvicina in silenzio. Mi passa il braccio intorno alle ali per verificare che siano ben salde.

"Signor Cloudman, vorrebbe imparare a volare?"

Rispondo senza poter reprimere un sorriso leggermente ironico:

"È difficile apparire credibili anche se si indossa un costume sofisticato come il suo, la capisco. Nel mio piccolo, cerco di non deludere i sogni di un bambino che vive in questo ospedale. È un problema che conosco bene... In ogni caso il suo travestimento è bellissimo!".

Un fruscio di ali. La volatile aspira una sigaretta a lungo. Le palpebre oscurano le pupille come il sipario che cala alla fine di uno spettacolo di marionette. Lei distende le braccia fino alla punta delle dita, flette le ginocchia, inarca le reni e, con i tacchi più che a spillo, respinge il suolo. I gracili piedi abbandonano terra, le ali si dispiegano, spazzando via la nuvola di fumo. Suprema morbidezza. Le stelle si chinano per guardarla e alla fine sbattono negli angoli dell'edificio. Lei vola in cima all'altalena e si aggrappa alla barra trasversale. La luna, innamorata, resta senza fiato.

Mentre la nuvola di fumo si disperde, lei inizia la dolce discesa verso il pavimento sommerso di piume, dove atterra con la maldestra eleganza delle donne che calzano i tacchi alti. I suoi occhi da cometa vivente sfarfallano. Trattengo il respiro per timore che il sogno a cui sto assistendo svanisca.

La donna-uccello sembra raggomitolata su se stessa, fragile come un calice di cristallo posato su un terremoto.

"Non è un travestimento..." sussurra, quasi imbarazzata.

Sono più suonato di un pugile sconfitto. Mi siedo, meccanicamente. E anche così ho l'impressione di cadere. Forse è da un po' che non respiro, devo essermene dimenticato. Un singhiozzo improvviso mi fa pensare di essere vittima di un falso contatto.

"Adesso mi crede se le dico che posso insegnarle a volare?"

Annuisco con un movimento della testa accompagnato da un singulto che inevitabilmente diverte la volatile.

"Le propongo un accordo. Se accetta, potrò offrirle una seconda vita."

"Un accordo?"

"Uno scambio di favori, se preferisce."

"Sogno o lei mi sta proponendo un patto faustiano?"

"In un certo senso. Diciamo che si situa a metà strada fra il patto faustiano e il matrimonio, ma è molto più intenso."

"Accetto."

"Aspetti di conoscere..."

"No, i termini della trattativa mi importano poco."

"Non può accettare a scatola chiusa," mi interrompe lei. "A poker non si punta tutto senza aver visto le carte."

"Allora distribuisca le carte!"

"Stasera è troppo tardi. La notte ha iniziato a perdere i suoi pigmenti; non deve restare qui altro tempo. Torni domani, poco dopo la mezzanotte. Le spiegherò tutto con chiarezza e per filo e per segno. Poi deciderà se accettare o meno."

Ha pronunciato la parola "accettare", poi ha sbattuto le palpebre tre volte consecutive. Ha incrociato e riaperto le braccia due volte, rapidissima, con quell'aria da uccellino ferito che non sa più dove mettere le zampe. "Mi chiamo Endorphine," ha sussurrato, infilando la mano coperta di piume nella mia. Disorientante per grazia ambigua.

Mi precipito dalle scale come un ragazzetto innamorato, volando da un gradino all'altro, finché una forte fitta in fondo alla schiena mi richiama violentemente all'ordine. Avevo quasi dimenticato la Barbabietola! Con fatica raggiungo il corridoio già illuminato. In tutta fretta mi introduco in camera, ma il comitato di accoglienza mi ha preceduto.

"Non si può nemmeno andare al gabinetto in pace?"

"Signor Cloudman, lei ha il bagno in camera. Si deve riposare."

"Mi riposerò quando sarò morto!"

L'infermiera di turno alza gli occhi al cielo ed esce dalla stanza. Le palpebre mi pesano come un caterpillar, ma solo dopo aver messo in ordine le emozioni e le scoperte notturne potrò addormentarmi.

Forse il mio ridicolo abbigliamento da uccello in pigiama ha turbato il nano Sabbiolino: non si è fatto vedere. Trascino il corpo per mettermi seduto e riprendo a confezionare ali.

Nella mia vita precedente ero incapace di riparare alcunché. Handicappato nella logistica, disadatto totale alle azioni più semplici. Guidare, traslocare, aggiustare, conservare in buono stato: mi sembravano cose molto complicate. Eppure, dacché ho scoperto la volatile che si annida sulle rive del cielo, sono diventato una vera e propria bestia da soma. Sgobbo per riannodare il seppur fragile filo della mia esistenza.

La prospettiva di una seconda esistenza brucia ogni barlume di razionalità. Ho bisogno di credere nel potere di Endorphine. Non ho più tempo per i dubbi. Credere è l'unica cosa che mi rimane. In definitiva, forse questa volatile è sufficientemente pazza da insegnarmi l'arte del volo! Sento già il profumo delle vecchie acrobazie, quello slancio da vecchio treno a vapore che aziona la pompa dell'adrenalina. È l'ultimo ballo, il gran finale. Voglio sentirlo partire dal fondo delle arterie. Prima di morire devo risuscitare per forza di cose. Dopo sarò troppo stanco. Signorina-uccello, invii le comete! Mi struscerò a loro e a lei, tanto da svegliarmi l'anima dalla testa alle zampe. Invii i furibondi temporali, quelli che bucano il cielo, insanguinano le nuvole e tappezzano l'orizzonte con una criniera rosso papavero.

"Buongiorno, signor Cloudman," dice Pauline con un tono compassato da assistente sociale.

"Buongiorno..."

Si china e controlla il catetere. Ormai lo riattacco con l'agilità di un'infermiera professionista.

"Benissimo, signor Cloudman. La dottoressa Cuervo sarà contenta!"

Nel corso della giornata, Mister Barbabietola mi si è seduto nuovamente in testa. Ha sprofondato le dita chiodate nella mia pancia, con l'atteggiamento di "qui comando io". In quei momenti, il dolore schiaccia tutto. Penso sempre a Endorphine, eppure vivo soltanto per ritrovarmi tra le braccia di Morphine. Sono in suo potere e mi faccio pena. Per l'iniezione viene la dottoressa in persona. Si ritiene che la puntura, se somministrata da una fata avvolta in un sacco di patate azzurro, sia meno dolorosa. Le sue dita caldissime mi saccheggiano le vene. Lei profuma di primavera. Sotto di me il letto scivola e i muscoli si rilassano. Conficca il dardo con l'eleganza di un'ape regina. Glielo dico e lei mi risponde che, dopo aver punto una volta, le api muoiono. Vi immaginate che buffo se tutte le infermiere contraessero la sindrome dell'ape?... Ecatombe alle sei del mattino, cadaveri in camice bianco sparsi nel corridoio come birilli. Miss Morphine mi tiene tra le braccia, fuori della portata degli uppercut di Mister Barbabietola. Mi infonde nelle vene porzioni di cielo artificiale, mi trasformo in uccello di cotone. Il dolore svanisce, il corpo si scompone piacevolmente. L'alito caldo della dottoressa mi accarezza il cervello, esala piume bianche che volano attraverso il mio labirinto venoso. Io sono il letto, le lenzuola la mia pelle. Miss Morphine lecca i globuli bianchi, ho il latte al posto del sangue. Sono incinto, deporrò un uovo con una parte di me all'interno. Nascosto in una cesta pasquale, Mister Barbabietola non riuscirà più a trovarmi!

La notte mi nasconde mentre, attento a non lasciare alcuna traccia, salgo la scala di emergenza. Agisco come un rapinatore di sogni; dovrò rubarne un bel po' per far fronte all'intera giornata di domani. Dalla gabbia si diffonde una melodia. Un gradino dopo l'altro, il volume aumenta. Pigolii conditi con selvagge armonie. Sembra un'orchestra di fischietti. Spingo la pesante botola, che cigola come le articolazioni di un gigante alto quattro metri e mezzo. Allora scopro un piccolo pianoforte a coda di legno rosso. Sotto il coperchio, una dozzina di cardellini, comodamente sistemati sui martelletti di feltro e disposti in ordine di grandezza, dondolano il capo. Su un panchetto di cotone, Endorphine muove il suo sedere da angelo rosso. Le dita accarezzano i tasti mentre i piedi azionano i pedali. Ogni nota dà origine a un pigolio distinto. Affondo lo sguardo nelle piume che le ornano le anche ondeggianti.

Inizia a cantare, accompagnandosi con il pianoforte a uccelli. La sua voce va sulle montagne russe, sussurra, ulula, punteggia le parole di grida. Opera per uccelli in *la* minore. Aumenta il ritmo e colpisce sempre più violentemente i tasti. I volatili sobbalzano e, spaventati, finiscono per volare via.

Quando tutti i cardellini hanno abbandonato la nave, Endorphine canta a cappella, sostenendosi solo con il battito delle ali. Poi riscende il silenzio. Gli uccelli tornano a posarsi sui martelletti di feltro. Allora la donna-uccello si scuote in un brivido, schiaccia il mozzicone della sigaretta con un movimento sensuale del tacco a spillo, quindi si volta verso di me.

"Questi uccelli hanno imparato a memorizzare la loro nota mantenendo piena libertà interpretativa. Gorgheggiano armoniosi, con la naturalezza di un volatile che saluta il levare del sole. Se lei vuole imparare a volare con la spontaneità del canto di questi uccelli, dovrà fare come loro. Rappresenterà la prima tappa della sua iniziazione a una seconda vita."

"Mi chiuderà in un pianoforte perché canti quando le passa?"

"Non sarà necessario. Ma cantare è un eccellente esercizio per allenarsi a decollare. La respirazione che si pratica durante i vocalizzi assottiglia il diaframma. Il canto permette di rilassare il corpo focalizzando l'attenzione su ciò che si vuole ottenere."

"Com'è possibile?"

"Quando cantiamo, ci apriamo alle emozioni che ci percorrono e al contempo ci concentriamo sulle note che intendiamo raggiungere per formare una melodia. Mi segue?"

"Sì, ma..."

"Ecco, per il volo è lo stesso, con la differenza che al posto delle note musicali lei dovrà suonare una partitura di piacere."

"Cioè?"

"L'idea è quella di pensare con tutte le sue forze a ciò che la fa stare meglio, che ama o amerebbe di più... Glielo mostro subito."

Endorphine si appoggia una Camel light fra i rubini che

le servono da labbra ed esala una nuvoletta da Playmobil. Come vorrei essere una Camel light! Rotolarmi fra le sue dita, percorrere il palato da principessa, trasformarmi in fumo soffice e discenderle nell'esofago in corda doppia, leccarle il seno dall'interno prima di piantarmi tra i polmoni come un fiore di catrame.

"Tutto bene?"

"Sì, sì... mi alleno a pensare a ciò che potrebbe farmi decollare."

"Vuole una sigaretta?"

"No, grazie, non fumo."

"Ottimo. Guardi e ascolti."

Preme un tasto e un uccello emette un grazioso suono, poi lei avvicina le dita al cantante per accarezzarlo. Comincia da sotto il becco, poi scende giù in mezzo alle zampe, dove insiste in modo piuttosto esplicito. All'inizio l'animaletto lancia un vibrato carico di emozione, armonizza la prima nota, quindi sale di un'ottava, mentre lei aumenta il movimento delle dita.

"Masturba i suoi volatili!"

"Che parolone!... Faccio sì che il corpo dreni al meglio l'endorfina secreta dal cervello. E ne approfitto per offrire loro una piccola dose supplementare."

"Accetto la sfida."

"Non le ho ancora illustrato le condizioni..."

"Accetto qualunque condizione."

"Non basta."

"..."

"Apprezzo la spontaneità con cui lei si lascia coinvolgere, ma ignora ancora troppe cose per prendere una simile decisione. Imparare a volare non è come iscriversi a un corso di parapendio, qui si parla di una metamorfosi. Trasformarsi in uccello, anima e corpo. Abbandonare la vita umana per una nuova avventura animale. Non sarà un'esperienza indolore... Ma le permetterebbe di salvarsi."

"L'ascolto."

"La metamorfosi è ereditaria, tutti i miei familiari sono come me. Si trasmette attraverso l'atto amoroso. Il primo a sperimentarla è stato un mio bisavolo."

"Un suo bisavolo?"

"Un medico-inventore come ne esistevano nel XVIII secolo, che è stato sempre attratto dall'arte delle metamorfosi: secondo lui, rappresenta l'unico modo per mantenersi davvero vivi. Assiduo lettore di Ovidio, ha lavorato tutta la vita per realizzare il concetto elaborato dal poeta latino. Le creature ibride fra l'umano e l'animale hanno i sensi ipersviluppati. Quando si è innamorato della nonna, lei è diventata la prima donna-uccello della famiglia."

Endorphine, nervosa, riaccende la sigaretta, sputa qualche nuvola a mo' di punteggiatura e torna a spiegare.

"Le mutazioni di questo tipo sono violentissime. Rimettono tutto in discussione, in un certo senso la mente si trasforma in un pezzo di celluloide immerso in un bagno rivelatore di cui nessuno conosce la composizione. La bomba di adrenalina è così intensa che può provocare crisi cardiache e, viste le sue condizioni di salute, non posso garantirle la sopravvivenza. L'esito della trasformazione dipenderà anche dalla sua capacità di lasciarsi conquistare da un altro io, il vero io. È come superare se stessi. Se la metamorfosi andrà a buon fine, lei sarà salvo: la malattia sparirà all'istante."

"Mi creda, non ho niente da perdere."

"Una cosa sì, la sua umanità. Potrebbe svanire. Nessuno reagisce allo stesso modo, ognuno sperimenta effetti collaterali diversi. La malattia le impedirà di maturare una trasformazione mista. Io sono mezza donna e mezza uccello. La notte mi trasformo e al mattino torno umana. Quando il mio corpo di donna invecchierà, a poco a poco si cancellerà per cedere il posto a quello della volatile. Il giorno della morte, diventerò completamente uccello. Ma a lei il cancro impedirà questa naturale progressione. Soltanto un mutamento totale le permetterà di sfuggire alla morte."

"Non ho paura."

"È proprio questo che mi preoccupa! So di cosa è capace. E di cosa è incapace."

In questo momento mi sento il più tenace e il più fragile degli uomini.

"Al tempo stesso erediterà la forza e la debolezza dell'uccello che diverrà."

"Si può scegliere?"

"Inconsciamente. Diventiamo ciò che siamo."

"Ciò significa che potrei ritrovarmi nel corpo di un povero dodo che non sa nemmeno volare?"

"Non è da escludersi... Nella migliore delle ipotesi, qualunque cosa accada, lei sarà qualcosa di estraneo per l'occhio umano. Potrà affascinare o spaventare."

"Come tutte le persone che cercano di costruire qualcosa di differente, non le pare?"

"Sì, ma in proporzioni infinitamente più pericolose. È per questo che se lei decide di intraprendere questa metamorfosi, è molto importante che non ne parli mai: lo dico nel suo e nel mio interesse."

"So mantenere un segreto."

"Ecco un aneddoto che può aiutarla a riflettere prima del gran salto... Un mio vecchio zio aveva assunto le sembianze di un cavallo e non sopportava più di vivere nascosto. Era un Pinto. Grande, con gli occhi grigi e stava perdendo la vista. Una notte ha deciso di avventurarsi nei quartieri alti di Parigi, si è perso, eppure la pioggia torrenziale sputata dal cielo ne ha rallentato appena il trotto. Lo sento ancora mentre esclama meravigliato: 'Ah, com'è bella la Tour Eiffel a mezzanotte! Sai, quando indossa l'abito scintillante?'. Credo che avesse voluto ammirarla per un'ultima volta illuminata a giorno, prima che la notte scendesse definitivamente sui suoi occhi grigi. Ahimé, un cavallo al galoppo nelle strade parigine... La gente lo inseguiva in auto, alcuni gli suonavano il clacson per divertimento o infastiditi che lui bruciasse i semafori, altri lo scansavano per un pelo. Qualcuno ha provato a balzargli in groppa e si è ritrovato disarcionato violentemente – lo zio non ha mai tollerato che lo montassero. Poco a poco la folla si è fatta più aggressiva. Dieci minuti dopo, la bella Eiffel si è spenta. Place du Trocadéro luccicava come un lago ghiacciato. In sostanza, lui era diventato cieco. Gli zoccoli sono scivolati sulla carreggiata bagnata. È andato a sbattere contro i piedi della sua metallica dulcinea. L'indomani mattina, il suo corpo giaceva coperto di rugiada. Sembrava che sorridesse. Nessuno osava avvicinarsi all'enorme carcassa. I bambini volevano parlargli, gli uomini fotografarlo, le donne toccarlo.

"Le racconto tutto questo per mostrarle che dopo la metamorfosi non si può tenere il piede in due staffe. Mostrarsi in pieno giorno è pericoloso e ci espone a reazioni di rifiuto. È meglio proteggere il proprio segreto. Siamo soli. Una solitudine glaciale."

"A tutti i suoi familiari è riservato lo stesso destino?"

"No, per fortuna c'è anche qualche storia a lieto fine. Per esempio quella della donna-cicogna che si nascondeva in un'abitazione abbandonata in fondo ai boschi. Durante una fase della metamorfosi, un cacciatore le ha sparato e, mentre si accingeva a darle il colpo di grazia, lei ha iniziato a parlargli sommessamente, supplicandolo di risparmiarla. Lui l'ha portata a casa e l'ha curata. Se ne è occupato con tanta dedizione che si sono innamorati."

"Che ne è di loro oggi?"

"Si amano come prima, sono solo più vecchi... Sono i miei genitori."

"Ma lei ha appena svelato il suo segreto, avevo capito che dovesse restare nascosto!"

"È un atto di fiducia. Lei dovrà fare altrettanto se desidera che io dia inizio alla sua metamorfosi."

Il cigolio dell'altalena punteggia le parole come un rullo di tamburi. Improvvisamente Endorphine somiglia a una bambinetta smarrita, incapace di fermare la nervosa macchina che le sbatte le ciglia. Per la prima volta mi guarda dritto negli occhi.

"Vorrebbe fare un figlio con me?"

Nel silenzio, il vento si riappropria dei suoi diritti. Comincia a spirare attraverso i rami del grande abete che fiancheggia l'ospedale.

"L'amore fisico è l'unica via di trasmissione possibile... Quindi lei deve accettare l'eventualità di diventare padre," afferma con una vocina così delicata che al contatto con la brezza la frase si cancella. "E allo stesso tempo mi renderebbe felicissima, anzi completamente appagata..."

L'effetto sorpresa mi gela la mente. Cuore e cervello vanno in cortocircuito. Un soffiatore di vetro cerca di dare forma ai miei pensieri, comincio a sentirne le scintille.

Ho detto che non avevo paura, ma forse mentivo.

"L'avevo avvertita, il patto faustiano è un'inezia rispetto all'accordo che le propongo: la vita salva in cambio di una nuova vita."

Sono suonato come una campana dopo i dodici rintocchi della mezzanotte.

"Chi non sarebbe spaventato da una donna-uccello che per giunta desidera un figlio?"

Lei si accarezza la pancia di piume come una cartomante fa con la sfera di cristallo. Accendendosi una sigaretta, riesce a mantenere un certo contegno. Passa un esercito di angeli. Si impigliano nel fumo della Camel light.

Con voce metallica, Endorphine infrange il silenzio.

"Allora, cosa ne dice? La capisco se preferisce rifletterci a mente fredda. Se al contrario propende per il sì, non indugi troppo!"

Mi alzo e, sfiorato dal suo respiro, mi tremano le gambe. Ho le vertigini. Mi avvicino fino a percepire i profumi di rugiada che emana dallo scollo. Una tempesta di piume mi attraversa al rallentatore. Vibrazioni del suo corpo sul mio, sensazione di abitare in un nido, di trasformarmi in un gomitolo di lana. Nella polvere lunare, le nostre ombre si annodano e si snodano. Lei schiude le labbra con precisione seduttiva. La mia lingua le esplora il palato, incontra la sua, fragrante di fiori d'arancio. Si avvolgono a mo' di treccia. Accanto al pianoforte, il suo sedere si muove avanti e indietro mentre i tasti affondano da soli. Si levano i primi sospiri.

Dolce sfregamento. Spalancarsi delle sue limpide pupille tempestate di paillette. Gioia straziante. Penso che volerò, nel dubbio mi aggrappo alle sue ali. Il ritmo aumenta, le stelle si scontrano, il cielo si orna di penne, ci rotoliamo con tutte le nostre tenere forze. Proprio allora lei realizza la magia più sorprendente, solo dimenando le anche. Stregoneria rossa. Credo che mi trasformerò. I nostri venti si fanno uragani, le ali sbattono come le vele delle navi nel doppiare Capo Horn. Estasi ex aequo. Perfino la luna si tinge di rosa. Per ventiquattro secondi il mondo diventa una montagna di piume che, una a una, si posano simili a fiocchi in una tempesta di neve al rallentatore.

"Rientri in fretta... prima che la tramutino in un minestrone" sussurra Endorphine, illanguidita.

"Lei sì che sa parlare agli uomini!"

"Mancano sette minuti alle sei, signore!"

"D'accordo, vado..."

"Non dimentica qualcosa?"

La bacio sulle labbra come un adolescente incapace di usare la lingua. Endorphine lascia sfuggire la sua risata da sonaglio, fra di noi scivola un silenzio di comica apnea.

Mi defilo rapido attraverso la botola che separa i due mondi. Odo ancora il tintinnio della sua risata. Tre graffi mi rigano la spalla sinistra – non si esce indenni da uno scontro erotico con una donna-uccello. L'aria mi accarezza piacevolmente la pelle delle gambe. Accidenti! I pantaloni del pigiama sono rimasti lassù! Potrei usare le ali come coprisesso, e già immagino la coreografia della sfilata che potrei imbastire in mezzo ai vassoi della colazione. Canterei *Fly Me to the Moon* di Frank Sinatra ballando il tip tap sul linoleum, dando vita alla commedia musicale seminudista!

Ma, in realtà, mi ingegno per tornare a prendere i calzoni. Apro svelto la botola senza bussare. L'orologio della voliera indica le sei meno tre minuti. Le brache sono stese sul letto piumato. Lì accanto ha luogo una metamorfosi. La donna-uccello, con cui ho appena trascorso un momento di estrema intimità, sta perdendo le piume. I volatili dentro il pianoforte iniziano a pigolare: quegli idioti mi faranno scoprire!

Le sei meno due minuti. Le piume si ritraggono, contraendosi lungo le anche. I seni sfidano la luna come due elmetti prussiani. Le dita non mi avevano ingannato, me la caverei anche se fossi cieco.

Le sei meno un minuto. Nuda fino alla punta dei deliziosi piedi. Solo il viso tarda a palesarsi. Una parte di me lotta per filare a letto prima possibile ma un'altra, più esaltata, mi impedisce di abbandonare le rive del cielo. Endorphine si accende una Camel light e si siede sull'orlo del vuoto. Se aspetto che finisca la sigaretta, sono spacciato.

Le sei. La monotona sinfonia delle sveglie elettroniche risuona nei corridoi dell'ospedale e sale lungo la scala metallica come una pianta carnivora. Non mi muovo, in preda alla voglia di scoprire il volto umano della donna-uccello. Lei schiaccia la cicca in un posacenere di porcellana mentre le stelle cominciano a svanire. Sulla pelle del volto le piume si dissolvono una a una. Gli occhi si chiudono, poi emergono l'estremità del naso e gli zigomi. A palpebre serrate, Endorphine trema. Non riesco a concentrarmi sui pantaloni del pigiama. Qualcosa mi attira verso il cielo e qualcos'altro mi inchioda al suolo. Il collo è libero, e fa bene. Neppure il mento mi delude. Gli occhioni risplendono, la chioma scura ricade sulla piccola schiena da violoncello.

Le sei e due minuti. Ho appena fatto sesso con la dottoressa.

La notte ritira il lungo mantello di velluto oscuro e lo stende sul filo dell'orizzonte. Sono le sei e tre minuti, e io non ho ancora i pantaloni del pigiama. Scendo le scale nelle vesti di un condannato a morte allegro. Nel corridoio, un carrello portavivande mi tende le braccia metalliche. Prendo lo slancio, le mie articolazioni arrugginite stridono come quelle di un automa. Sotto i miei piedi, il linoleum si trasforma in pista di decollo. Mi tuffo sul veicolo e mi accascio nello scricchiolio dei bicchierini. I neon fanno crepitare un solstizio d'obitorio. Davanti alla porta della mia camera, si forma un banco di ectoplasmi in camice bianco. Accelero. Cerco di collegarmi col fantasma dei miei addominali: mi risponde che la tartaruga se l'è data a gambe da un pezzo. Oggetti di ogni tipo cadono giù dal carrello. Sbatto le braccia, ululo e sotto le ruote del mio bolide il pavimento scorre sveltissimo. Il banco delle infermiere si avvicina, punto dritto contro i camici pieni di penne a sfera nuove di zecca. Sono a metà corridoio. Devo spiccare il volo prima di travolgere un'infermiera. Penso con tutte le forze a Endorphine, a ciò che abbiamo appena vissuto, alla storia della metamorfosi e alla possibilità, così semplice e miracolosa, di diventare padre.

Sono un bambino vecchio. Anche se morissi prima della

sua nascita, l'equilibrio sarebbe ristabilito. Sono l'uomo più vivo del mondo. Stacco il busto dal carrello. Per l'euforia potrei attraversare il soffitto e in effetti attraverso davvero qualcosa che mi fa malissimo alla fronte. Temo di essermi scordato di cantare.

Le voci si accavallano. Afferro poche parole serie e fredde. Qualcuno è ferito. Riconosco Endorphine che, travestita da dottoressa, discute con i suoi scagnozzi. Accanto a loro, un'anziana signora geme su una barella. Mi pesano le ali. Le vertigini mi vincono benché sia schiacciato al suolo. La nonnina dalla grande crocchia bianca inizia a urlare come un'ossessa.

Sotto gli sguardi corrucciati del banco di ectoplasmi percorro il corridoio-tribunale al rallentatore. Faccio del mio meglio per mascherare la seminudità.

"Signor Cloudman, siamo costretti a trasferirla."

Endorphine viene verso di me. Una risacca di riccioli scuri le divora le spalle da uccello. Non posso fare a meno di pensare che abbiamo appena fatto l'amore.

"La sistemeremo in una camera sterile, per il suo bene e per quello degli altri pazienti. L'infermiera Pauline l'aiuterà a radunare le cose."

Ogni vocabolo schiocca come un righello su una lavagna. Occhi di ghiaccio, giravolta a centottanta gradi sui tacchi, corrente d'aria, poi più niente. Mi sento tradito dalla doppiezza di questa donna che mente con l'eleganza di un'illusionista. Sulla barella, la vecchia alle mie spalle pianta una crisi che nemmeno Janis Joplin. Non oso voltarmi. Non è il momento di scoppiare in una folle risata isterica.

"Lei ha scaraventato un carrello addosso alla signora Sérault, rompendole la tibia!" mi riferisce una sgherra in zoccoli Scholl.

Lamentoso, cerco di chiedere alla vecchietta come sta, ma la Scholl si intromette:

"Non pensa di averne combinate abbastanza? La prego di lasciare in pace la signora Sérault!".

Dalla voce traspare una soddisfazione moralizzatrice, il meschino piacere del dominio. Non fiato. Nonna Crocchia prosegue il concerto.

Mogio mogio, raccolgo le piume e le infilo in tasca. Alcune appartengono a Endorphine.

"Le ha addirittura nei capelli!" commenta un'altra infermiera soffocando una risata.

La vergogna rende i miei gesti più approssimativi del solito, disperdo la metà del triste bottino. Ho appena fatto l'amore con due donne in una, e ora probabilmente entrambe mi maledicono. So che lei è doppia, ma lei ignora che lo so, e questo falsa tutto. Sono in trappola. Non riuscirò mai a scappare da una camera sterile. Fine del silenzioso funambolismo sul tetto e delle visite al bambino-luna.

Gli ectoplasmi mi hanno lasciato un po' in camera – dove ho avuto tutto il tempo per cambiarmi e spaventarmi del futuro –, poi mi hanno scortato fino alla cella. Chi si nasconde davvero sotto quei travestimenti? Alcune sono dolci anche quando mi infilano l'ago, ad altre basta uno sguardo per ferirmi.

"Ecco il suo nuovo 'nido', signor Cloudman... qui non la infastidirà alcun microbo," esclama Pauline aprendo la grande porta quadrata della camera sterile.

Sorrido amaramente. In ogni particolare avverto la dolce attenzione della donna-uccello, il tocco della sua mano esperta. Le pareti sono imbottite di piume, ma tutto è incellofanato e io mi sento una fetta di tacchino sottovuoto.

Il tempo rallenta, la risata della Barbabietola mi risuona in testa. Qualsiasi movimento scatena un tornado di suoni plasticoidi. L'euforia si è trasformata nel ricordo di se stessa e ormai galoppa lontano, su praterie avvolte nelle nebbie. Richiamo la folle idea di essere padre: si accende, crepita e si spegne rapida quasi come un fuoco d'artificio. Padre. Chi vorrebbe un tacchino sottovuoto come padre? Qualora riuscissi a sfuggire ai denti aguzzi della Barbabietola, non sarei più davvero umano. Solo un uccello perso in un deserto di cellophane. Se il bambino nascerà dopo la mia morte, Endorphine gli dovrà inventare ricordi su di me. Sarà costretta a inventarseli perché, in fondo, ne ha pochi. E anche se lui nascesse prima, vista la mia attuale condizione, cosa potrei insegnargli? A soccombere? A diventare un animale? Un fantasma?

I cristalli liquidi del televisore plastificato segnano le 21:30. Probabilmente dall'altro lato della parete, il crepuscolo culla l'edificio nel suo scrigno brunito. Credo di aver dormito quasi tutto il giorno.

Sul comodino intravedo un pacchetto simile a quello che avevo già ricevuto. Forse è la "ricompensa" per aver sfasciato le ginocchia a Nonna Joplin. La curiosità mi assale. Altre piume rosse. Immergo la mano e tiro fuori una macchina fotografica, un oggetto che si manipola con emozione. Ha l'odore tipico del gioco elettronico giapponese vintage. Apro la piccola busta rossa incastrata sotto il regalo.

Caro Tom Cloudman,
immagino la sua frustrazione nel trovarsi in trappola. Le chiedo di cantare ed eccola prigioniero in una gabbia di plastica... Ma dopo l'incidente di ieri, molti miei collaboratori hanno chiesto che lei fosse trasferito in un altro ospedale. Metterla in isolamento è stata l'unica soluzione affinché accettassero di tenerla qui. Si consoli pensando che in ogni caso io, in qualità di oncologa, avrei preso questa decisione prima della fine della settimana per ragioni mediche. È proprio in una camera sterile che il corpo è protetto meglio. Se la malattia avanzasse troppo, lei non avrebbe più la

forza di portare a termine la metamorfosi che potrebbe salvarla.
Immagino che sia arrabbiato con me poiché le ho nascosto la mia duplice identità. Era la condicio sine qua non perché ai suoi occhi non perdessi credibilità come medico. Dimenticando i pantaloni del pigiama nel nido, lei ha infranto l'equilibrio. Ma stia tranquillo, né l'"amante" né la "dottoressa" la lasceranno precipitare.
Ho lavorato sodo per diventare oncologa. Quando ero piccola, il cancro mi ha sottratto un parente. Da allora combatterlo è diventata la mia vendetta. Ancora oggi, non sopporto di vedere i miei pazienti andarsene. Il mio bisavolo mi ha fatto promettere che non avrei mai utilizzato il potere della metamorfosi per salvare qualcuno, a meno che non fosse per amore. "Dovrai essere molto prudente" mi ripeteva instancabile. "Se provochi la metamorfosi di un uomo che non ti ama abbastanza, o che tu non ami abbastanza, si ritorcerà contro di te, contro ognuno di noi. Se compi la scelta sbagliata, creerai un mostro."
La conosco da molto più tempo di quanto lei non creda. Qualche mese fa, ho assistito a una sua performance. Si svolgeva in un paese vicino. Lei cercava di scalare la facciata di una panetteria per "decollare" dal tetto. Quanto meno intrigante! Tutto è filato liscio finché qualcuno non ha deciso di aprire le imposte... la sua spettacolare caduta è stata applaudita all'unanimità... all'inizio, nessuno si è accorto che lei aveva perso conoscenza. La gente pensava che facesse parte della messinscena. Ho prestato i primi soccorsi poi, all'arrivo dei pompieri, sono rientrata al lavoro. Lei mi affascinava moltissimo. Quella sera stessa, sono venuta a posare svariati canarini rossi ai piedi della sua bara mobile.
Poco tempo dopo, l'hanno ricoverata in oncologia. Mi è bastato uno sguardo per riconoscerla, benché non fosse mascherato. La osservavo appena potevo. Di notte l'ho vista

mentre rubava le piume dai guanciali dei vicini e deambulava nei corridoi con le ali ammaccate. Non sa quanto capisco il suo bisogno di essere "diverso", di sfuggire alla sua condizione! Ho cominciato a nutrire il bisogno di salvarla. Ogni sera, dopo il suo passaggio, riempivo le federe saccheggiate così che lei potesse continuare la ricerca. Dopo le ho fatto consegnare cuscini, piume rosse e l'ossatura di metallo. Infine, la doccia di piume per condurla fino a me...
Ho sempre spaventato gli uomini. Ci pensa, una donna-uccello ossessionata dalla maternità?... Ho provato a sedurla stando comunque attenta che questo non interferisse con le mie valutazioni mediche. Di giorno reprimevo i sentimenti perché sgorgassero al meglio in piena notte. Tom, voglio essere il suo sogno e la sua realtà, voglio salvarla e vorrei che fosse il padre di mio figlio. Conti su di me, su di noi, e abbia fiducia. Ce la possiamo fare.

Aprendo il pacchetto, avrà trovato un apparecchio strano... Si tratta del "Dreamoscopio", la macchina inventata dal mio bisavolo, capace di fotografare sogni e fantasmi. È un rimedio spassoso ed efficacissimo per l'umore.
Tutti consideravano il mio antenato uno stregone o un pazzo – e in un certo senso lo è. Vive in una casa di libri, nella Scozia profonda. Uno straordinario laboratorio in cui ha passato il tempo a perfezionare le sue invenzioni. Dopo aver costruito il "Lacrimofono" – un apparecchio in grado di registrare il pianto dei fantasmi – si è messo in testa di fotografarli. Lunghi anni di ricerche quando, finalmente, è riuscito ad approntare una pellicola detta "ectoplasmatica", sensibile alla luce dell'aldilà. Fotografi i suoi fantasmi, questo servirà ad ammansirli. La proteggerà da loro: negli ospedali ce ne sono a frotte.
Fonte di incidenti e sorprese, il "Dreamoscopio" attiva an-

che il principio della metamorfosi. Di primo acchito le tecniche di mio nonno possono apparire bizzarre però, durante la mia lunga crisalide adolescenziale, questo strumento per me è stato molto stimolante.
Il mio antenato ha scoperto che la pellicola ectoplasmatica aveva un'altra proprietà. Affascinato dal volto dell'amata addormentata, aveva preso l'abitudine di fotografarla nel bel mezzo del sonno. Una sera usò la famosa pellicola per sbaglio. Quando la sviluppò, ebbe una sorpresa sconcertante: sulla foto appariva una visione simile a un tatuaggio magico. Aveva potuto catturare i sogni della sposa, immortalandola. La bobina era sensibile alla luce dei sogni. Con lo stesso procedimento, Tom, ho ottenuto l'immagine dell'uomo-uccello che le hanno recapitato. Mi è bastato ritrarre il suo viso addormentato.
Tenterò qualunque cosa per tirarla fuori di là. Nel frattempo utilizzi questo apparecchio più che può. È come un paio di ali per lo spirito.
Sogni d'oro... Se ci saprà fare, le permetterò di fotografare anche i miei.

Endorphine

I bagliori esangui dei neon scivolano sotto la porta. Il mattino è in anticipo. Non ho quasi chiuso occhio. Per tutta la notte ho dato la caccia ai fantasmi con l'apparecchio fotografico di Endorphine, senza riuscire a catturare la Barbabietola. Per quanto accetti di mostrarsi alla luce della TAC, la malattia è troppo reale per lasciarsi ammansire da un Dreamoscopio. È talmente aggressiva che mi sorprendo perfino a controllare che la flebo sia attaccata bene. Ho paura. Penso al sogno di paternità che prende corpo al contatto con Endorphine, ciononostante ho paura. La Barbabietola non mi aveva mai messo così alle strette. Mi perfora la pancia e soffro tanto che non oso più muovermi. Allora tremo in attesa della bonaccia. Le palpebre diventano tende di velluto e non ho più la forza di aprirle completamente.

Nondimeno, sotto le scapole, mi pervade una sensazione di delicato cotone. In un primo tempo ho creduto di aver dimenticato di togliermi le ali, ma pendono tranquille alla gruccia. Un piumino diafano comincia a ricoprirmi la pelle! Mi sto trasformando in pulcino o... in cuscino? Passo la punta delle dita sugli avambracci, un'ondata di euforia mi sommerge.

Pauline entra in camera, avvolta nel cellophane. Mi nascondo sotto le lenzuola. Dietro di lei entra la dottoressa per controllare i risultati delle analisi e vedere come sto. Indossa splendidamente la tuta di plastica morbida che mi impedisce anche solo di sfiorarle la pelle. Quando si avvicina al letto, esco dal nascondiglio. Lei sposta le dita sul pigiama per verificare la pressione. Sbatte gli occhi, ha il respiro corto. So che prende atto della metamorfosi. Quando afferma che le mie condizioni migliorano, capisco perfettamente che non è la dottoressa a parlare, bensì Endorphine. Pauline non può trattenere una smorfia meravigliata mentre sbircia la tabella delle analisi. La donna-uccello, mascherata da dottoressa Cuervo, mi percorre gli avambracci lanuginosi con le unghie.

"Signor Cloudman, non potrebbe reagire meglio al... trattamento. Potrà comparire qualche effetto collaterale, ma l'alchimia... cioè la chimica... funziona a meraviglia."

Lascia la stanza aggiungendo:

"Sono davvero contenta...".

Pauline la guarda uscire nemmeno avesse visto un'extraterrestre. Forse è proprio così.

È tutto il giorno che sono attratto dalla macchina appoggiata sul comodino. Fremo, curioso di osservare ciò che la pellicola rivelerà. Spio le apparizioni della dottoressa come un rapace. Non appena lei si materializza nell'oblò della porta, le scatto una foto. Riesco a scorgere solo la testa e il busto. Vorrei becchettarla, avvolgermi fra le sue braccia. Lei sfila per me, due, tre volte al giorno, a seconda del flusso e riflusso dei malati di cui deve occuparsi. Sembra che si sposti con i rollerblade. Se in questo ospedale tutti potessero muoversi coi pattini... il linoleum diventerebbe una pista da pattinaggio e si assisterebbe a fantastiche collisioni. All'imbrunire, si organizzerebbero campionati di ballo in deambulatore. Una specie di danza su rotelle in cui le infermiere potrebbero ondeggiare da una parete all'altra e i malati sarebbero strafatti di euforia. Metterei le ruote alla base dell'ospedale perché la prima ventata lo trascini alla deriva. Si potrebbe guidare come un immenso skateboard: tutti ammucchiati nell'ala sud, e via col vento in poppa! Gli alberi si piegherebbero per lasciarlo passare. Direzione: oceano. Al posto della sempiterna passeggiata nel parco, potremmo danzare sulla spiaggia!

All'improvviso la Barbabietola ricomincia a piantare i suoi chiodi. Spesso il dolore si manifesta proprio durante i vagabondaggi dello spirito. In una manciata di secondi è capace di rinchiudermi nella vita reale. Ma la pazza speranza della metamorfosi si affaccia ancora. La peluria da pulcino mi divora l'epidermide, infondendomi la sensazione di essere sempre in fuga. Pauline si sforza di fingere indifferenza, ma non può evitare di fissarla.

Scende la notte, avverto che si infoltisce proprio dietro la parete. Una nuova energia mi vince. Sono telecomandato dall'uccello che si impossessa di me. Collega la parte sinistra del cervello e il cuore in diretta. Quasi volontariamente sfuggo all'autocontrollo. Sensazione raggiante! Insopprimibile voglia di correre, fino a spiccare il volo. Fischietto senza rendermene conto. Le enormi natiche di Pauline mi sembrano un brownie. E dire che questi dolci non mi sono mai piaciuti granché. Con insistenza schiaccio il pulsante che mi mette in comunicazione con le infermiere. Ne approda una che, gentile, mi chiede il motivo della chiamata. Ora fischio come un bollitore, non smetto di lanciare acuti sempre più intensi. Pauline si tura le orecchie e io le salto in braccio. Lei si dimena, io faccio cadere la flebo. Lei urla, io canto a squarciagola coprendo la sua voce, la bacio in bocca energicamente gettandola sul letto. È evidente che sto recuperando le forze perché la signora peserà il doppio di me. Il suo gigantesco seno agisce come una stufetta elettrica sul mio busto. Un lampo di stupore disperato le attraversa lo sguardo. Schizzo fuori della cella, corro, tento di decollare, finisco steso sul linoleum, rivelandomi uccello non ancora del tutto formato.

Con il Dreamoscopio attorno al collo, agito le ali-braccia e faccio irruzione nella sala delle infermiere. Per rassicurarle sulle mie intenzioni, canto loro *Blue Moon* di Elvis Presley. Una conosce il testo e inizia a canticchiare. Le altre sono terrorizzate. Le fotografo e poi comincio a tempestare tutte di baci: vecchie di cartapesta, grassone con le lenti bifocali, quasi-belle con la crocchia, non posso fermarmi. Qualcuna urla, qualcun'altra ride, una chiama il servizio di sicurezza. Una squadra di rugbisti in camice azzurro arriva alla carica. Mi appollaio sulla scrivania, scivolo un po' in uno schedario aperto, cerco di aggrapparmi alla lampadina che pende dalla plafoniera, mi brucio le dita, strappo il filo e per la seconda volta consecutiva mi ritrovo spiaccicato a terra come una crêpe integrale. I rugbisti azzurri mi portano in trionfo nella mia cella e mi legano saldamente al letto. Chiedo se posso scattare loro una foto. Per un quarto di secondo il tempo si ferma, loro si mettono in posa, quindi lasciano la stanza, cortesi. Termino *Blue Moon* con un singulto.

Stamani mi sono vomitato sulle ali. Il ritorno alla realtà non si è fatto attendere, come all'epoca delle acrobazie. Irrigandomi il cervello, l'adrenalina aveva anestetizzato il dolore, ma una volta smorzata l'euforia, ha ripreso piede la primavera degli ematomi. Ho difficoltà ad accettare quanto è accaduto ieri. Mi misurano la pressione, mi fanno iniezioni, mi danno da mangiare e tutto è parecchio imbarazzante. Nessuno allude alla mia crisi di coccole selvagge. Silenziosamente li ringrazio.

La Barbabietola guadagna terreno. Mi invia elicotteri in missione nello stomaco, e continua finché non rigetto la zuppa di silicone. Le piume invece si fanno setose, folte e lunghe. Pauline non osa più guardarmi negli occhi. Gli inservienti, lo stesso. Evidentemente il rigoglio della peluria li mette a disagio. Endorphine si è raccomandata che mi scatti delle foto con regolarità, perché devo acquistare consapevolezza della metamorfosi. Quando le forze mi abbandonano, con la punta delle dita mi accarezzo i nuovi avambracci. Qualche volta addirittura mi addormento.

"Happy birds day to you... happy birds day to you... Mister Cloudman..." Sto sognando o questo apparecchio magico registra anche i sogni sonori?

Si apre la porta, una mano avvolta in un guanto afferra la maniglia. Appare Endorphine. Sembra una serial killer in procinto di rigovernare. Avvicina il corpo al mio, con le ali rivestite di plastica mi cinge il collo. Rumori di tute da sci. Dalla scollatura, la donna-uccello tira fuori un pezzo di stoffa... Quel pezzo di stoffa sono solo i pantaloni del pigiama rimasti nel nido...

"Se continui a vestirti da preservativo gigante, sarà difficile che resti incinta," dico per sciogliere il ghiaccio.

"Pazienza... abbiamo giocato d'anticipo, o sbaglio? Chissà, magari era buona la prima, come capita con certi attori. Come ti senti oggi?"

"Le crisi di cielo si ripresentano, più violente e incontrollabili che mai. Ieri mi sono trasformato in maniaco del palpeggiamento con le infermiere..."

"Fa parte del processo. In un certo senso sono effetti collaterali. Cerca di incanalarli ma non ti reprimere."

"Facile a dirsi..."

"È importante perché non ti perda per strada. Una leggenda racconta che sul calare della notte Charlie Chaplin e Adolf Hitler mutassero entrambi in leoni; il primo ha concentrato l'energia verso la creazione, il secondo verso la distruzione. Eppure nella loro forma animale era quasi impossibile distinguere l'uno dall'altro."

"Io non ho il mondo tra le mani..."

"Tu ne hai uno tutto tuo."

"Seriamente, non potresti toglierti questo completo di cellophane, almeno per qualche minuto?"

"Sì, ma è vietato toccare. Ti devi proteggere dai batteri, anche dai miei..."

Faccio cenno di accettare il nuovo accordo.

"Sicuro?"

"Sicuro!"

Endorphine si spoglia. Stavolta fruscio di pacchetti di caramelle. Le piume illividite dalla notte ondeggiano. "*Happy birds day to you...*" tuba nuovamente. Ficco le dita nel materasso per non saltarle addosso. La mia peluria si carica di energia elettrostatica. Prendo il Dreamoscopio appoggiato sul comodino per catturare il corpo nudo da ogni angolazione. Endorphine sta al gioco, mi svolazza sopra la testa, si posa sul soffitto, attraversa il cielo della camera prima di atterrare delicatamente in fondo al letto. La pellicola è finita, e il giro di giostra pure. Endorphine si infila veloce la tuta plastificata e si raggomitola rumorosamente contro la mia schiena.

"Ora devo rientrare, non posso assumere forma umana qui, non ho i vestiti..."

"Un favore. Potresti controllare che il piccolo Victor non mi aspetti come un palo per le scale? Ogni sera ci davamo appuntamento alle 22 e non posso più spostarmi."

"Sono andata a trovarlo ieri. Gli ho spiegato che stavi lavorando sodo per migliorare i tuoi poteri e presto saresti tornato."

Endorphine mi abbraccia. Crepitio di plastica. Il silenzio che segue, turbato appena dai macchinari per ritardare la morte, ha un effetto quasi calmante. La mia mano coperta di piume e la sua sottovuoto si uniscono garbatamente.

Nelle ultime settimane la Barbabietola e la metamorfosi si sono lanciate in una vera e propria corsa contro il tempo. Le pulsioni celesti fremono al punto che ogni tanto ho l'impressione di decollare con questo maledetto ospedale sulla schiena. E un attimo dopo, sembra che tutto il suo peso mi spezzi la colonna vertebrale. La Barbabietola approfitta di questi momenti di scoramento per fondermi del piombo fra le ossa. Allora canto, finché mi gira la testa e le braccia diventano ali. Mi stendo sul bordo del letto e immagino di raggiungere il bagno senza toccare terra. Il più delle volte termino la mia corsa ai piedi dell'abat-jour, trascinandomi dietro la treccia della flebo. Ieri mi sono addormentato sul pavimento. Pauline ha minacciato di legarmi al letto. Mi sono infilato docile sotto le lenzuola e questo credo che l'abbia rassicurata. Ho sentito che parlava con la dottoressa nel corridoio. Lei insiste perché mi facciano dormire molto. Non ricordo più l'ultima volta che mi hanno svegliato.

"Buongiorno, signor Cloudman. Ci sono visite per lei..."

Appare Victor, con il rosario di flebo e gli occhioni nuvolosi. Allargo le braccia, gonfio il petto, faccio finta di spiccare il volo reprimendo un colpo di tosse, e invece crollo miseramente.

Pauline accenna un sorriso di incoraggiamento. Le ciglia

le avvolgono gli occhi offuscati da emozioni contraddittorie in un modo che mi sprona a sollevarmi. Victor non osa avvicinarsi al letto. Ha lo sguardo spento, non mi riconosce.

"Su, Victor, non fare il timido, dagli il tuo disegno!"

A testa bassa, il bambino-luna obbedisce in silenzio. Sembra che sia in punizione. Meccanicamente mi tende il foglio su cui un grosso pulcino giallo ne tiene uno più piccolo fra le zampe. Ringrazio il mio amico, mentre Pauline si affretta ad appendere la pagina sopra il letto. Cala il silenzio.

"Be', allora... Victor, hai perso la lingua? Desideravi tanto vedere il tuo 'Uomo-Nuvola'... Eccolo qui!" dice l'infermiera inginocchiandosi davanti a lui.

Affettuosamente gli appoggia le mani sulle spalle minute.

"Volete che vi lasci un po' da soli?" gli chiede.

Victor scuote la testa, con gli occhi fissi sulle scarpe. Mi pare di essere il bisnonno malconcio che si deve andare a trovare per forza, anche se fa un po' paura.

Pauline lascia la stanza prendendo Victor per mano. La porta sbatte. Un rimasuglio di orgoglio spunta fra le pieghe del pigiama stropicciato. Mi rialzo come un ombrello sfasciato che viene aperto.

Se resto ancora in questo letto, le braccia si trasformeranno in lenzuola! Diventerò un fantasma senza neppure rendermene conto. Barcollo fino al bagno: la grande avventura della giornata. Faticosamente raggiungo il lavandino e mi sollevo all'altezza dello specchio. Ho la pelle ricoperta di piccole piume rossastre. Qualcuno mi ha scavato gli zigomi per seppellirci gli occhi. Sono spaventoso. E spaventato. Rido-piango-urlo. Sto mutando in un'"altra cosa". È impossibile! Lo specchio deve essere truccato! Funziona da rivelatore, esattamente come il Dreamoscopio. È incredibile ma l'incubo somiglia alla foto del sogno. Mi sento piovere in testa. La fase della crisalide. Strizzo gli occhi e, sotto le penne, riconosco i lineamenti abbozzati. Si accende la speranza di un segno di riconoscimento. Cerco di parlarmi, di tranquillizzarmi. Ai tentativi di gridare, le corde vocali reagiscono sempre più capricciosamente. Escono fischi, vibrazioni, stridori. Mi trascino alla toilette che riecheggia il suono in modo piuttosto piacevole. Osservo di nuovo il mio riflesso. Specchio, specchio delle mie brame... che non sono il più bello del reame già lo so, ma estraneo anche a me stesso diverrò? Quale sarà la prossima tappa? Cosa diventerò? Mi fotografo per immortalare l'attimo. Forse anche per rassicurarmi. Endorphine mi ha messo a disposizione il Dreamoscopio per attivare il principio della sorpresa – così dice lei – però a me serve anche come riferimento temporale. Ho bisogno di tempo per accettare la metamorfosi che sta avvenendo in me, per prendere un po' le distanze e provare piacere all'idea di trasformarmi. Quando si trattava solo di una fantasia era molto più facile! Sto mutando in "ciò che sono", e questa realtà mi spaventa.

Appoggio il corpo-piumino sul letto, il mio cuore deve smetterla di suonare la batteria. Provo a riprendere fiato...

Un esercito trotterellante di infermiere, un po' contrariate, un po' tristi, arriva e mi propone un pizzico di chimica per rilassarmi. Pauline entra per prima. Mi osserva un attimo poi abbassa gli occhi. Le sue sorelle in camice mi guardano quasi fossi un bambino nato-morto. Mentre una si lascia sfuggire un grido stupefatto, un'altra resta palesemente senza fiato. Sebbene cerchino di trattarmi con indulgenza, quegli occhi inquieti mi trapassano. Tremo senza requie. Pauline si avvicina e mi fa un'iniezione. Nonostante lo strato di piume che ormai mi ricopre interamente l'epidermide, gli aghi fanno ancora male. Seduta sul televisore spento, la Barbabietola contempla i miei sussulti. In file serrate, le infermiere ripartono al trotto.

Nonna Morphine mi stira a dovere i nervi e gli effetti cominciano a farsi sentire. Le ossa si distendono, mi sembra di levitare sopra il letto.

"Se tu potessi vivere in assenza di gravità, sogneresti ugualmente di volare?"

"Chi mi sta parlando?"

"Sono la montagna da scalare, il bosco infestato dai fantasmi," risponde l'essere indistinto, con grandi chiappe fucsia, posato sul televisore.

Mi ricorda Jabba the Hutt di *Guerre stellari*. Ha gli occhietti appiccicati, un grugno enorme e la bocca a stella da cui esce una voce da pastore tedesco:

"Ti piace fare strike a bowling? La gioia provocata dal potere di far saltare tutto? Io sono più leggero, volo più veloce e in alto di tutti i tuoi immondi uccelli. Sai perché? Perché non conosco il collante delle emozioni. Non amo, non odio, non mi vendico, non calcolo. Gioco a bowling con gli umani e faccio migliaia di strike al giorno. E ti dirò, è il gioco più inebriante del mondo."

"Non ti ho atteso per mettere alla prova i miei limiti."

"Questo lo credi tu. È già parecchio tempo che mi aggiro nel tuo stomaco. Sei stato tu a chiamarmi... Quanto hai maltrattato il corpo con quelle ridicole acrobazie! Adoro gli uomini come te, divorati dallo stress, avete le cellule già masticate. Siete da sgranocchiare con indolenza, davanti alla tv. Aspettavo solo che tu fossi cotto al punto giusto per venirti a prendere. Hai scommesso sul cuore, trascurando i nervi e così li hai sfasciati completamente. L'irrequietezza che da ragazzo riuscivi a trasformare in energia ti si ritorce contro. Ha il dolce profumo del sangue che si mischia alla schiuma quando lo squalo attacca."

La Barbabietola viene verso di me e mi passa le unghie piene di morchia fra i capelli.

"Sei bell'e pronto, *al dente*[*]."

"Ho un piano di fuga, ti sguscerò tra le dita. Non l'avrai vinta."

"Davvero? Non vedo l'ora di assistere a quest'ultimo spettacolo! Stavolta cosa inventerai per farti del male? Sai," dice imitando una disgustosa voce infantile, "se volessi, adesso potrei sfondarti lo stomaco a picconate..."

Inizia a canticchiare come se recitasse una filastrocca:

"*Bel bambinone, il sangue riempirà ogni tuo polmone, nelle braccia di Morphine soffocar ti lascerai, senza che io non debba affaticarmi mai...*".

Poi con voce da pastore tedesco tuona:

"Credi davvero che le tue stupide ali e quella mezza faraona lassù possano oppormi resistenza? Sei penoso. Tutti tirano in ballo la teoria psicosomatica, forse li rassicura pensare che il cervello umano sia pieno di tesori magici capaci di farmi retrocedere... Non è così! Te lo assicuro. Perfino i miracolati l'hanno scampata solo perché l'ho deciso io: per distrazione o stanchezza...".

[*] In italiano nel testo. [*N.d.T.*]

"Buongiorno Tom! Come ti senti?" mi chiede la dottoressa in tono radioso.

"È... è andata via?"

"Chi?"

"La Barbabietola!"

"Qui non vedo barbabietole né porri."

"Era seduta sul televisore!"

"Probabilmente sono gli effetti collaterali della morfina, fra poco dovrebbero svanire."

"È proprio questo che mi preoccupa!"

"Tom, le preoccupazioni sono acqua passata. Se ti fa piacere, stasera farai il primo bagno in cielo. Preparati, a mezzanotte in punto decolliamo."

"Davvero? Credi che sia pronto?"

"Sì, penso che sia arrivato il momento per il battesimo."

Viene avanti, lancia un'occhiata alla porta e mi stampa un bacio sulle labbra secche. Solito scricchiolio da pacchetto di caramelle che non posso gustare.

"Baciandoti mi sembra di tradire la donna-uccello."

"Sono passionale ma non al punto da essere gelosa di me stessa! Vuoi che sviluppi le foto?" chiede guardando le pellicole appoggiate sul comodino.

"Ho un po' paura di vedere cosa potrebbe saltare fuori..."

"È esattamente questo l'effetto desiderato! Più starai al gioco e più attiverai il principio della sorpresa. Non conosco un combustibile migliore per dare impulso al tuo animo. E più sarà attivo, più la metamorfosi progredirà."

"Ciò non sostituisce il tatto. Ho bisogno di toccarti."

La dottoressa-uccello volteggia fino alla porta, la chiude a chiave e preme il tasto "vietato l'ingresso per motivi terapeutici". Il piumaggio freme come se le sue dita plastificate mi provocassero un vento tempestoso direttamente sulla pelle. È la prima volta che raggiungiamo tanta intimità in pieno giorno. Mi domanda di chiudere gli occhi. Ne lascio uno spalancato. Endorphine afferra i cuscini e li squarcia sopra di me. Neve sulla testa, e anche dentro. Raccoglie le piume, e a ciuffetti se le incolla sulle mani e sul volto.

"Tom Cloudman, non aprire gli occhi," mi sussurra. Obbedisco e inizio a fantasticare. Mi rivedo nel nido. Le sue dita mi dominano in un tumulto di dolcezza; le mie invece intuiscono la sua anatomia inarcata che seguo verso le parti che ha appena coperto di piume. L'effetto placebo è piuttosto efficace. Vorrei confessarle l'incendio che provo per lei. Mi lancio come durante un'esibizione.

"Ti vorrei donare i miei spermatozoi..."

"Cosa?"

"Vorrei che li conservassi, non si sa mai... Anche se giorni fa sul tetto fosse successo qualcosa... Vi lascerei l'occorrente per allargare la famiglia."

"Vuoi che metta da parte i tuoi spermatozoi?"

"Sì! In una bottiglia con l'indicazione dell'annata, come se fosse un buon vino!"

"E sull'etichetta aggiungiamo una sintesi del tuo curriculum di peggior acrobata del mondo e un marchio di garanzia per attestare l'autenticità dei tuoi spermatozoi?"

"Proprio così! Diventerei quasi immortale."

Tom Cloudman si è addormentato fra le mie braccia.

La metamorfosi prende forma. Il piumaggio color carminio si infoltisce. Ma il corpo da uccello è ancora lontano dall'esplosione mentre quello da umano è a un soffio dall'implosione. Dovrei puntare sulla sua capacità di trasformarsi e favorire l'uccello che è in lui o, al contrario, difendere il corpo umano il più possibile? Si avvicina il momento critico in cui il trattamento metamorfico potrebbe ucciderlo da un giorno all'altro. La volatile e io ci prendiamo per i capelli che abbiamo in comune. Che battaglia sulla testa! Sulle spalle mi grava un mucchio di responsabilità. Se provassi il tutto per tutto lanciando Tom in cielo aperto, e lui non sopportasse lo shock, non me lo perdonerei. Ma non posso tornare indietro, e nemmeno lui. Del resto, se dovesse spegnersi nella camera sterile perché si sente abbandonato, mi biasimerei ancora di più.

Mi sveglio in pieno giorno. Una dolce sensazione mi accarezza la pelle. Ci siamo, sono un piumino. Agitandomi negli angoli, potrebbero usarmi per spolverare l'ospedale. Tolgo le ali attaccate coi cerotti: il travestimento ormai è del tutto inutile. A fatica mi sfioro la testa, morbida quasi come le mani di Endorphine. Un dolore sordo mi pervade le scapole. La dottoressa dice che è buon segno: fra poco le ali dovrebbero schiudersi.

Victor ha domandato di me. Endorphine gli ha spiegato che stavo attraversando la fase della crisalide, come le farfalle.

"Fa male?" è stata la sua unica reazione.

"Signor Cloudman, è pronto per il grande decollo?" mi sussurra una voce nel dormiveglia.

"Sì!"

"Aspetti qui qualche secondo."

Non vedo dove potrei andare, non mi reggo nemmeno sulle gambe! Involontariamente ballo il twist per un attimo e poi crollo come un castello di carte.

Con mio grande stupore, Endorphine ricompare insieme a Pauline. Sembra proprio che l'arcigna ai miei servizi faccia parte dello strano commando. Devo ammettere che dopo l'altra sera, quando le ho tempestato il viso di baci, il suo atteggiamento è migliorato.

"Ho chiesto un piccolo aiuto a una persona di fiducia che ci garantirà un minimo di pace. Ha accettato di fare la guardia per noi."

A quel punto Endorphine mi tende un paio di forbici da cucito.

"*It's time, Mister Cloudman... It's time!*"

Le taglio la tuta da cadavere, lasciando scivolare le lame nella plastica. Dedico un po' di tempo a sfiorarle la pelle. L'intenso piacere che provo mi riempie di forza, gli arti intorpiditi ritrovano un po' di tonicità. *Happy birds day to me!*

"Perfetto... Pauline? Niente in vista?"

"No, calma piatta!" bisbiglia lei in tono bizzarramente furbesco.

La dottoressa si chiude la porta alle spalle e mi raggiunge. Dal bustino estrae una fiaschetta rettangolare, come quelle che si vedono nei western. Me la agita davanti agli occhi in modo che possa decifrare l'etichetta: "Spermatozoi Tom Cloudman, annata notturna, certificato di autenticità".

"Signor Cloudman, se intende garantirsi una discendenza, dovrà riempirlo tutto!" esclama togliendosi il camice.

Ha messo l'abito delle grandi occasioni: una giarrettiera di piume intrappolata nelle calze a rete, ciglia-pipistrello e un rossetto da risvegliare i morti. Gli altissimi tacchi a spillo fanno credere che stasera non voglia camminare, bensì volare. A ogni movimento del seno, le piume del corsetto scivolano le une contro le altre. Se continua così, spiccherò il volo tutto nudo, sbatterò nel soffitto e morirò di piacere!

Dal corridoio proviene il rumore del carrello portavivande.

"Puoi alzarti e andare nel corridoio?" mi chiede la donna-uccello.

"Forse, se staccassi il catetere..."

"Puoi staccarlo."

Quando lo tolgo di mia iniziativa, me ne assumo tutta la responsabilità. Ora che fa lei la prima mossa, ho le vertigini.

Esco dalla cella in pigiama. Salire le scale a chiocciola mi sembra un'impresa più ardua dell'ultima volta, l'aiuto di qualche braccio è il benvenuto. Finalmente ritrovo le rive del cielo.

Victor mi aspetta. Ha un costume da Spider Man e dalle maniche esce qualche tubo di plastica. Sorride come la luna di un cartone animato e urla: "Megatom Cloudman è tornato!". Eccomi, pieno di strizza fino ai capelli.

"Ti presento il tuo assistente al decollo!" esclama Endorphine.

Il carrello portavivande è irriconoscibile. Sui rami di questo albero a rotelle sono posate svariate decine di uccelli. Pigolano come un gruppo di amiche della Francia del Sud all'uscita dal cinema.

"Ti darà un po' di slancio," dice indicandolo con un'ala. "Tutti a bordo, prego," aggiunge con la massima serietà.

Pauline inizia ad applaudire. Questa infermiera sta subendo una metamorfosi comica.

Mi sistemo sull'ex carrello portavivande, la fifa è al colmo e il cervello fischia. Gioiosa paura. I secondi incalzano. Il cervello mi batte contro le tempie. Ormai il corpo è un terremoto. Costi quel che costi, devo impedire che il dubbio ci metta lo zampino; non è proprio il momento! Adesso, è il tempo delle grandi metamorfosi!

Pauline è tutta indaffarata ad attaccarmi un gruppo di uccellini intorno a ciascun braccio. Braccioli per nuotare fra le nuvole! Passo da una sensazione di invincibilità che farebbe impallidire Superman al ridicolo timore di essere spacciato, inconsapevole del pericolo che corro, e oltretutto conciato in modo parecchio strano.

I duecentocinquanta organetti si scuotono, il carrello inizia a vibrare, il cielo attrae la punta delle mie dita come un magnete.

"Tom Cloudman, sei tu alla guida!" mi sussurra il bambino-luna, fra l'euforico e il preoccupato.

Endorphine si accomoda dietro il pianoforte a uccelli. Canta un motivo di altri tempi, quasi per chiamare il fantasma di Nina Simone in mio aiuto. La sua voce risuona come il più allegro dei rintocchi a morte, scatenando l'esercito degli organetti e anche me. I fili si tendono fra il mio corpo e lassù, dove centoventisei paia di ali sferzano le rive del cielo. Si distribuiscono in file serrate, formando due gigantesche ali viventi. Duecentocinquanta melodie si scontrano. Canto insieme a loro. Endorphine aumenta il ritmo. Pauline spinge il carrello. La velocità aumenta.

"Comincia a sbattere le ali e resta rilassato. Guarda dritto davanti a te e collegati intensamente con i tuoi desideri più profondi," precisa Endorphine.

Il canto dei volatili si rafforza, la velocità aumenta ancora. La sponda del cielo si avvicina, i fili mi tirano il corpo, la forza di gravità mi pare quasi assente. Il bambino-luna lancia degli "yuhu!" da montagne russe.

"Offri tutto ciò che hai. Ora!" esclama risoluta la signorina-uccello.

Sotto le ruote del carrello il pavimento di piume scivola via a una velocità spaventosa, Pauline ha le eliche al posto delle natiche.

Mi innalzo più che posso, fischiando a squarciagola, a occhi chiusi.

"Ti devo dire un'ultima cosa importantissima..."

"Svelta!"

"Sono incinta..."

Fuochi di artificio nelle vene. Sono l'uomo più vivo del mondo! Sono appena nato! La Fenice in pigiama! Mi stacco dal carrello. La donna-uccello e il bambino-luna emettono grida di gioia un po' angosciate. L'ospedale si rimpicciolisce. Sul tetto, Pauline, Endorphine e Victor sembrano Playmobil, poi insetti dei Playmobil, puntini neri e, infine, niente. Agito l'aria con forza. La schiera dei volatili tace, si ode solo il vento provocato dalle loro ali. Divento l'incendio di ogni emozione. Le lacrime fanno cortocircuito con le risate, il sorriso trema nell'attesa del prossimo assalto emotivo.

Scalfisco la cima del pino celeste su cui sono appese le stelle. Cadono in una pioggia argentata e danno vita a mille nuovi riflessi. Gioia! Entro nello specchio di vento. La notte è immensa e il silenzio profuma di cometa. L'ebbrezza mi corrompe gradevolmente. Manterrò il controllo finché sarò ancora cosciente dell'evoluzione che sto vivendo, ma ho un'irresistibile voglia di perdermi. Pilotare, aprire il rubinetto della trance e annegarmici per prendere quota. Poi tornare alla modalità "controllata" perché il piacere possa durare. Un cotonoso cumulonembo mi vuole abbracciare. La luce lunare ci rimbalza su, facendo scintillare i suoi cristalli. Lo oltrepasso a occhi aperti. L'allegria mista all'aria fresca genera lacrime di ottima qualità. Oggi sono pioggia, domani imparerò a creare la neve.

All'improvviso una nuvola nerastra sbarra l'orizzonte, un colosso di fumo scuro. Il vento spira ficcando due grosse dita nella bocca del cielo. Gli uccelli di soccorso frenano. Questo cumulo bilioso mi attrae come una calamita. La nube si gonfia, si moltiplica, si svolge e si avvolge intorno alle ali. Si addensa anche ai margini, gli ululati del vento si infittiscono. Non vedo più nulla. Il singhiozzo musicale cresce, le saette sottolineano la litania. Il vento mi sbadiglia addosso, non riesco a pronunciare nemmeno una nota. In mezzo all'oscurità appare qualche granello luminoso. Si arrotola come un gomitolo di lana elettrica. Ho voglia di vederli da vicino, di ascoltare ancora il canto glaciale che arriva dal cuore delle nuvole. Sono i fantasmi degli uccelli? È la nascita dei fiocchi di neve? Non batto più le ali ma scivolo in assenza di gravità.

La voce di Endorphine mi risveglia dal torpore, i volatili di soccorso mi tirano energicamente indietro. La nuvola si dissipa ma il vento mi sconquassa di nuovo. Attraverso gli ultimi strati nebulosi che mi separano dalla superficie, intravedo la donna-uccello. È attaccata a me insieme agli animali. Finalmente le corde della nebbia si allentano. Sotto i nostri piedi, il nido di Endorphine brucia come un astro rosso. Credo di aver perso un calzino tra le nuvole.

Ho riaccompagnato Tom nella sua cella, gli ho rimesso il catetere. Si è rannicchiato, scosso dagli spasmi. Ho aspettato che piombasse in un sonno abbastanza profondo prima di infilargli il tubo dell'ossigeno nel naso.

Entra in una nuova fase della malattia, quella terminale. La metamorfosi invece procede bene e, con le sue pulsioni, lo strappa via dal suo corpo malato. La pericolosa sessione di volo gli ha instillato nuova fiducia rendendolo consapevole delle possibilità che lo attendono. La ragionevolezza si allontana dal suo sistema mentale.

Victor mi aiuta a sciogliere il groviglio di uccelli in cui Tom si è impigliato. Il bambino non riesce ad accettare che l'Uomo-Nuvola possa essere così vulnerabile e le sue angosce si moltiplicano. Tento di spiegargli che i veri supereroi non sono privi di imperfezioni, ma trovano il modo di superarle. Ce la metto tutta per rassicurarlo. O, forse, per rassicurarmi.

Tom si è svegliato all'imbrunire. Le piume sono cresciute

ancora, soltanto il viso non è del tutto coperto. L'ho sorpreso mentre provava a pettinarsi il ciuffo di penne che ormai gli decora la punta del capo. È uscito dal bagno stranamente scarmigliato.

Le analisi indicano un nuovo indebolimento dello stato di salute umano. Nel corso dei giorni, diventa sempre meno controllabile, piange e ride insieme, sibila come un vero uccello. Sembra che il passato, il presente e il futuro si fondano nello stesso istante. Parla sempre meno e dorme sempre di più. Qualcuno vi dirà che sta impazzendo. Amo credere che voli verso l'infanzia e rinasca come una fenice.

Quando lo rapisco per le sessioni di volo notturne, si sforza di ascoltarmi, di manifestarmi gentilezza, ma l'istinto animalesco prende il sopravvento. Mi si raggomitola sul seno per dormire e tuba.

È evidente che si sta rimpicciolendo. Il corpo comincia a stargli grande. La gestualità cambia. I movimenti del collo procedono a scatti, le spalle si inclinano in avanti.

Victor mi chiede spesso se Tom diventerà un uccello a tutti gli effetti. E se lo riconoscerà anche dopo... E se lui potrà "tenerlo". Mi lascio sfuggire una serie di minuscoli "sì". Rassicurare, rassicurare sempre e comunque.

Rassicurata, non lo sono nemmeno io. Non conosco gli effetti di una metamorfosi integrale. Io sono una sorta di meticcia, nelle vene mi scorre sangue umano. Quando albeggia, devo riadattarmi alla realtà di donna sotto il profilo fisiologico, psicologico e sociale. Che cosa sarei diventata se fossi mutata completamente? Lotterei contro le volpi, deporrei uova a ogni piè sospinto? Avrei conservato le facoltà di parola e di pensiero? E la memoria?

Ammesso che il cuore resista, Tom Cloudman, fra qualche giorno cosa ne sarà della tua memoria? Cosa ne sarà dei ricordi che hai di me?

Mi chiedo da quanto tempo sono rinchiuso in questa cella. Mi sembra di aver vissuto sempre così, sospeso alle golose labbra di una spogliarellista a cui inizia a crescere la pancia.

Diventare padre... Voglia di rallentare per poter apprezzare; di perdere il titolo di peggior acrobata del mondo per conquistarne altri, più privati. Voglia di vedere l'addome di Endorphine mutare in mongolfiera, di scaldarla perché non smarrisca la rotta.

Il futuro mi sfugge fra le dita lanuginose ma sto imparando nuove tecniche di lotta. La metallica acidità della clessidra che si svuota dentro di me si trasforma in palpitazioni cotonose. Ho ancora paura, però mi consola toccare le piume che crescono. Prendo tempo per sentirle scivolare fra pollice e indice. E prendo anche la misura straordinaria degli eventi che stanno accadendo.

La qualità dei sogni migliora. Quando mi accorgo che il sonno mi avvolge, focalizzo l'attenzione su ciò che vorrei vedere. Respiro adagio e cerco di fermare la macchina dei pensieri che mi incolla al suolo. A volte funziona. Allora posso passeggiare negli angoli più incantati della mente. Nei sogni, gli uccelli di Endorphine innalzano il letto sopra l'ospedale. A bordo di questa mongolfiera vivente, guardo l'edificio che si dissolve attraverso le nuvole. Pochi secondi e si trasforma in ricordo, un ricordo che a sua volta si cancella. Le lenzuola svaniscono, gli animali scompaiono in silenzio. È la pancia di Endorphine che mi fa decollare. Volo. La mia fringuella partorisce in un nido di nubi.

"È l'ora delle abluzioni, signor MacMurphy!" tuona una voce che, come un clacson, infetta la deliziosa estasi. Apro gli occhi. Volteggio sopra il letto. Completamente nudo, credo. L'inserviente lancia un grido degno delle fan dei Beatles. Crollo sul materasso, facendo il rumore di uno zaino che cade. La porta sbatte e quella specie di salsicciotta si dilegua. Spaventare è divertente e umiliante al tempo stesso.

Mi dirigo verso il bagno che mi sembra sempre più lontano. Faticosamente mi alzo sopra il lavandino, ormai enorme. L'idea di vedermi riflesso mi angoscia.

Non mi riconosco più. Niente pelle, solo piume. Più mi osservo e più ho l'impressione di scrutare l'interno di un guanciale. Da molto vicino. I miei occhi sono caleidoscopi in cui qualcuno ha infilato litri di piumino.

Cerco di tornare a letto, il linoleum mi si appiccica alle zampe. In testa mi nevicano domande. Se ce la farò, come andrà a finire? La gente mi guarderà con la diffidenza e l'incomprensione che ho scorto negli occhi di qualche infermiera? Quando passerò urleranno come se fossi uno pterodattilo? Mi cacceranno via? Dovrò temere i gatti?

Bussano alla porta. È la dottoressa; insieme a lei ci sono una donna vestita da sacco di patate azzurro e un uomo con la mascherina. Non li conosco. Mi nascondo sotto le lenzuola. Parlano sottovoce. Tremo leggermente e lo sfregamento delle piume contro la biancheria mi impedisce di sentire. Sto attento a restare immobile. All'improvviso, per un po' dimentico di respirare. La donna sostiene che dovrebbero trasferirmi in una clinica veterinaria. Endorphine si oppone. Il cuore mi rimbomba come un esercito di conigli Duracell che suonano il tamburo. L'uomo aggiunge che avrebbero dovuto già mandarmi via quando ho rotto le tibie alla signora Sérault. La donna spiega che conosce un'ottima clinica veterinaria: il suo cane ne è contentissimo! La dottoressa ribadisce che nonostante l'apparenza ho bisogno di essere curato come un uomo. Odo dei passi, qualcuno si avvicina al letto. Non è Endorphine, lei non fa mai rumore. Con un gesto brusco, l'uomo toglie le lenzuola, scoprendomi. Non ho freddo eppure inizio a tremare di più. Sulla porta si accalcano altre infermiere. L'uomo afferma che nessuno sa come evolverà la malattia e che potrei contagiare il personale. La donna annuisce con una smorfia da vecchia che ha appena finito uno schema di sudoku. Endorphine assicura che non sono contagioso. L'uomo replica che lei non può averne la certezza e che la struttura non può correre il rischio. La dottoressa si avvicina e mi copre con un lenzuolo, quasi fossi un cadavere. Escono dalla stanza.

Non riesco ad avviare la modalità "rabbia". Il cervello è congelato. Se solo penso che il mio sogno di evasione potrebbe finire in una clinica veterinaria fra un gatto mezzo spiaccicato e un cane paralizzato... Quando sarò un fantasma, tornerò a ossessionare le vostre notti! Con un gesto brusco, vi leverò la coperta davanti a tutti! Vi caccerò in culo un mazzo di ortiche, così vi gratterete per l'eternità!

Sebbene cerchi di chiudere le palpebre, il sonno mi sfugge. La porta di camera cigola. Sussulto e i pochi muscoli che mi restano si contraggono come una vecchia medusa. Qualcuno sta cercando di entrare. Sono più di uno. Non oso aprire gli occhi. Si avvicinano al rallentatore. Il linoleum scricchiola. Conficco le zampe nel materasso. Penso alla clinica veterinaria e alla nuova moda di parcheggiare i malati di cui parlavano al box informazioni. Mi concentro con tutte le forze per dispiegare le ali intorpidite dal sonno. Non accade niente. Un alito spazza la punta delle piume.

"Tom... Tom," sussurra una voce. Spalanco gli occhi e, ai piedi del nido, vedo Endorphine, Victor e Pauline in assetto di guerra. La donna-uccello mi prende fra le braccia e mi prega di calmarmi. Victor tenta di accarezzarmi il dorso. Lei mi assicura che non ho nulla da temere. Che si occuperà di me nella voliera. Pauline aggiunge "e anch'io". Finalmente il contatto con le piume di Endorphine mi placa. Sulla sua pancia-pianeta mi sembra di trovarmi in un luogo sicuro. Riconosco il suono delle scale di emergenza e l'odore del cielo.

La notte si espande come un getto di inchiostro sputato per divertimento da una gigantesca seppia oltre il confine delle galassie. Endorphine mi sistema in quello che lei chiama un nido ospedaliero. Non è un letto, ma nemmeno qui mi libererò del catetere. Le loro tre facce addosso mi fanno sentire come un neonato, un po' rassicurato e un po' angosciato. Pauline mi augura la buonanotte con la dolcezza di una nonna-torta, Victor si addormenta fra le sue braccia ed Endorphine distende il corpo troppo grande davanti al mio piccolissimo. Dice che fra breve potrò volare da solo, andrà tutto bene. Le parole si rarefanno e il volume sfuma, sovrastato dal suo respiro. La guardo mentre prende sonno. Le palpebre vorrebbero chiudersi, ma voglio assolutamente gustare questo spettacolo fino alla fine. Il respiro ritma la risacca di un mare di piume, le ciglia vibrano come sismografi. Un microscopico spasimo le crea un'irresistibile smorfia agli angoli della bocca. Desidero tanto baciarla che potrei mangiarla. Allora le scatto una foto. Lunga pausa per attendere che la luce notturna le impregni il viso. Fuori gli uccelli paciosi "sintonizzano" con il becco piantato nelle stelle. Sento che si scuotono e il rumore delle ali mi procura un brivido di allegria. Presto sarà giorno e nessuno verrà a svegliarmi.

Mi invade un odore di menta fresca. Sfilo il catetere e con difficoltà esco dal nido. I miei passi sembrano scivolare su un suolo setoso. La nebbia filtra le luci senza inghiottirle. Gli uccelli di Endorphine si bagnano nelle nuvole e tornano a zampettare ai miei piedi. Donne invisibili fumano sigarette e, man mano che queste si consumano, rilasciano schegge di fuoco chiamate "stelle". Ho l'impressione che queste sirene celesti mi richiamino come tanti fari. Telecomandano le mie pulsioni al decollo. A detta di Endorphine, dovrei aspettare ancora perché le mie ali non sono abbastanza lunghe e, senza il soccorso dei pettirossi, potrei sfracellarmi. In lontananza appare una nuvola di uccelli migratori simile a una barba di tre giorni sulle gote di una nube. Non hanno bisogno di funi per volare in armonia. Sono ipnotizzato dalla loro libertà. Il vuoto mi attira. Quei volatili si avvicinano, magnetizzando il mio piumaggio.

Mi lancio nel cielo a mani nude. Ben presto perdo quota e attraverso la loro nuvola. Mi guardano passare, sbalorditi. Divoro i piani del cielo in uno stato di cotonoso benessere. Con gli occhi zoomo il terreno. Dal rumore del vento capisco che sto acquistando velocità. Il parcheggio dell'ospedale – francobollo sfocato pochi attimi prima – diventa un modellino realistico di se stesso. Un brivido mi percorre la schiena, ultimo segnale di allarme. Qualcosa in me rifiuta di ascoltarlo. La voce del vento si fa sempre più acuta.

Una mano morbida e salda mi afferra per la spina dorsale. Il parcheggio si rimpicciolisce di nuovo. La mano morbida e salda mi posa in fondo al nido.

"Non sei... ancora... pronto," dice Endorphine col respiro affannoso.

"Adoro quando mi salvi."

"Anch'io... ma non sono infallibile. Il giorno in cui ti sarai trasformato completamente in uccello e volerai con le tue ali arriverà presto. Ma se ti lanci prima del previsto, non sopravvivrà né l'uomo né l'uccello. Mi piacerebbe fermare il tempo perché tu rimanessi un po' così, a metà strada... Mi piacerebbe tanto che tu rimanessi ancora un po'..." afferma Endorphine riprendendo fiato.

I primi raggi di sole deformano l'uccelliera. La volatile entra nella capanna ovoidale e ne esce donna pochi minuti dopo, infagottata nel suo sacco di patate azzurro.

"Un altro po' e non sarei riuscita a prenderti. Non posso volare in pieno giorno. Soffro di vertigini al punto che non cambio nemmeno le marce in bici, quindi per favore, prima dell'imbrunire, non avvicinarti alle rive del cielo... e non toglierti il catetere. Se vogliamo farcela, mi devi aiutare ad aiutarti, va bene?" afferma annodandosi lo chignon da ballerina. Mi bacia e sparisce per le scale a chiocciola che la conducono alla gente della giornata.

L'eco di una remota coscienza mi invia segnali sconfortanti. Vorrei aiutarla ad aiutarmi – come dice lei –, ma qualcosa in me viene meno. Il timone della razionalità si scioglie al sole e vado alla deriva. Il canto delle sirene invisibili risuona anche in pieno giorno. Lo odo più distintamente delle voci umane. Sento gli uccelli migratori anche prima di vederli e d'istinto canto con loro. Mi chiamano. Ogni attimo segna un nuovo episodio di vita. I concetti di tempo e pazienza sono confusi. Mi sgranchisco le ali senza avvicinarmi troppo alle rive del cielo. Ogni tanto resto un po' sollevato da terra. Mi sforzo di pensare ad altro ma non ci riesco davvero. Per calmarmi, fotografo le nuvole. Un ultimo indicatore luminoso continua ad accendersi, una specie di faro affogato nella nebbia. Diventare padre.

Il ricordo dell'uomo che ero si cancella come una vecchia foto, e io tento di ricrearlo per non spaventare Victor. Nel pomeriggio Pauline mi ha portato il bambino. Lui mi offre la sua attrezzatura da Spider Man che accetto di indossare per gratitudine, benché mi senta molto più a mio agio nudo con le piume. In cambio gli regalo il mio vecchio costume da acrobata. Quando se lo infila, gli brillano gli occhi, e questo basta a illuminare la giornata. L'infermiera, nel ruolo di se stessa, mi parla della quotidianità come se niente fosse. "Tutti sospettano che la dottoressa Cuervo ti abbia fatto sparire. Un'inserviente ha assistito alle nostre piccole manovre ma tace perché non si è opposta alla tua espulsione e se ne vergogna, così mi ha detto. Tutti sanno e tutti tacciono." Credo che abbia bisogno di ricollegarsi a qualcosa di terreno, le rive del cielo la spaventano.

I giorni e le notti si snodano repentini. Schiacciandomi al suolo per ore, la Barbabietola mi ricorda che sono ancora un uomo. Qualche volta si avvicina per strapparmi le piume. Ho notato che Endorphine distoglieva lo sguardo mentre le raccoglieva una a una. Victor fa finta di non accorgersi di nulla. Ognuno di noi recita per non ferire l'altro. Dolce e determinata, la donna-uccello gestisce le nostre doppie vite. Con un bambino in pancia e uno sulle spalle, si stanca sempre più in fretta. Ogni sera, la dottoressa Cuervo entra nella capanna sotto sembianze umane e poi esce volatile, disinvolta come se spuntasse da sotto la doccia. È il momento migliore della giornata. Cerchiamo di non pensare e talvolta ci stacchiamo leggermente da terra.

Da qualche giorno, il bambino-luna è più grande di me. Se il processo continua, presto mi potrò nascondere nel ventre di Endorphine, prodigioso nido. Articolo le parole con difficoltà, mi affatica solo l'idea di profferire alcunché.

Non riesco a stare più in piedi né a scrivere. Non ho più delle vere dita. Non sopporto il contatto con i tessuti. Per baciarmi mi sollevano come se fossi un poppante, gesto a cui una parte del mio cervello rifiuta di adattarsi. Mi tormenta una domanda che finora ho eluso perché ho troppa paura della risposta. Forse, anche la mia mente si sta rimpicciolendo?

La volatile prende il mio piccolissimo corpo e mi incolla il capo alla sua pancia tonda. Percepisco rumori di fondali sottomarini, qualche movimento. "Mi... mi chiedo se non parto... rirai una sirena..." Mi accorgo che la distanza fra le mie zampe e la testa è inferiore alla larghezza del suo addome.

"Mi chiedo se non partorirai una sirena" sono state le ultime parole pronunciate da Tom Cloudman. Stamani si è svegliato cinguettando. Il canto era intriso di una malinconia che non dava adito a dubbi. Sa che non può parlare. I fischi sostituiscono il linguaggio verbale, che ha definitivamente perduto. Ormai sono l'unica in grado di capirlo.

Vorrei iniettarmi una dose di una sostanza mortale nel braccio. Basterà che mi procuri una siringa nel seminterrato dell'ospedale e la donna che è in me sparirà, lasciando campo libero alla volatile. La metamorfosi sarà rapida e irrevocabile. Appena prima che albeggi, raggomitolata contro il corpicino rivestito di piume di Tom Cloudman, mi conficcherò l'ago nel braccio. Lascerò che il benefico veleno mi irrighi il corpo per tutta la notte. Ai primi raggi di sole, sorvoleremo insieme le nuvole.

Mentre mi abbandono a questo rassicurante pensiero, osservo le mani che involontariamente si sono posate sotto l'addome. La metamorfosi di Tom mi attira verso le regioni celesti ma la pancia che cresce fa da contrappeso. Da sempre sono costretta ad avanzare sul filo di lana che separa il giorno dalla notte, il cielo dalla terra. Andirivieni in equilibrio, movimento perpetuo imposto dalla mia natura ibrida. Una volta superato lo stadio di crisalide, per poco non ho sacrificato la mia umanità sull'altare del puro istinto. Le pulsioni mi trascinavano in un tumulto inebriante. Maturando ho imparato a capirle meglio. Finora questo mi aveva permesso di avvicinarmi a una certa forma di armonia, ma gli ultimi eventi rimettono tutto in discussione.

Faccio salire regolarmente Victor nella voliera. Trascorre il tempo portando Tom sulla spalla, sembra un pirata che sussurra qualche prezioso segreto all'orecchio del pappagallo complice. Non appena Tom emette il minimo garrito, lui annuisce serio o scoppia a ridere. Finge di capirlo. Non oso immischiarmi. Troppo presto la malattia aveva reso adulto questo bambino che finalmente si è ricongiunto ai propri sogni. Bel colpo, signor Cloudman!

Tom rimpicciolisce fra le mie braccia e Tom Junior mi cresce in pancia. È come se il padre facesse posto al figlio in arrivo. Giorno dopo notte, la somma delle metamorfosi si appesantisce. Divento ingombrante, addirittura per me stessa.

Stasera il bambino-luna mi sonnecchia in collo e Tom dormicchia in collo a lui. Ha provato a mettergli un vestito da marionetta che aveva trovato fra i giocattoli dell'ospedale, ma Tom ha iniziato a svolazzare nervosamente lanciando cinguettii acuti. Seppur con le lacrime agli occhi, Victor lo ha lasciato volare quasi fosse il modellino di un aereo. Il buio rumoreggia come il ventre di una balena in piena digestione. Devo riaccompagnare il bambino-luna in reparto prima che qualcuno pensi che ho rapito anche lui. Mi infilo Tom in seno, è ancora caldissimo. Il cuore batte così forte che sembra vibrare. Il respiro invece è molto rallentato.

Poso Victor nel letto.

"Che cosa diventerà?" mi chiede con un filo di voce.

"Un uccello."

"Com'è possibile?" domanda aggrottando le sopracciglia.

"L'essere umano che hai conosciuto sta svanendo. Non resterà nient'altro che un semplice volatile."

"Riuscirà comunque a pensare, a riconoscerci?"

"Come ne è capace un uccello, ma così Tom sarà salvo."

"E una volta salvo, potrà tornare?"

"Sì, ma con un altro aspetto. Si sarà sbarazzato della Barbabietola che gli mangia il cuore e il cervello, però sarà diverso per sempre."

"Posso tenerlo un po' prima di dormire?"

"Certo."

Victor prende Tom nel palmo delle mani e lo appoggia sulle ginocchia. Accarezza il piumaggio con la punta delle dita, gli fischietta qualche nota. Poi si mette a cantare l'unica canzone che sa:

Spider-Man, Spider-Man
Does whatever a spider can
Spins a web, any size,
Catches thieves just like flies.
Look out!
Here comes the Spider-Man...

Sebbene tremolante, il canto resta allegro.

I neon delle sei mattutine infiammano bruscamente i corridoi. Le piume cominciano a ritrarsi. Se mi trasformo qui, mi troverò nuda nella stanza di un paziente! Victor mi tende il corpo addormentato di Tom, lo infilo nello scollo e fuggo via. Sotto i piedi, il linoleum diventa una pista di pattinaggio. Le infermiere del turno giornaliero entrano in servizio. Mi restano ancora una ventina di metri da percorrere prima di raggiungere la porta che si affaccia sulle scale di emergenza. Se accelero, rischio di cadere. Se non accelero, rischio di fare un brutto incontro. Tom ballonzola fra i miei seni e inizia a tubare. Ancora più di dieci metri. Il fruscio di piume, a me così familiare, fa lo slalom lungo la colonna vertebrale e innesca un gran tremito alle ginocchia che, da quando sono incinta, sopporto con maggior difficoltà.

"Ehi! Lei laggiù, cosa fa? Chi è?" tuona una voce alle mie spalle. Continuo a correre, il cervello ordina al corpo di spiccare il volo ma quest'ultimo ne è ormai incapace. Ho paura di piombare sulla pancia.

"Ehi! Dove scappa?" urla la voce. Raggiungo l'uscita di emergenza e mi precipito su per le scale a chiocciola.

Una volta arrivata nel nido, mi serve qualche secondo per riacquistare il fiato e la calma. Chiudo saldamente la botola che separa le rive del cielo dall'ospedale e ci incollo l'orecchio, in ascolto. La metamorfosi ha termine e io ho l'impressione di uscire da un bagno in acqua fredda e di non avere l'asciugamano. Il fresco vento del mattino mi pietrifica del tutto. Non sono al posto giusto né al momento giusto. Rumori di passi risuonano sui gradini metallici. Se l'infermiera che mi ha intravisto nel corridoio sale, siamo spacciati! Tom distende le zampe sul pavimento di piume, un breve sbadiglio esce dalla bocca in miniatura. Il rumore di passi si allontana, forse il mio inseguitore pensa che abbia tentato la fuga dal basso.

Eccomi nuda davanti a un quasi volatile che sembra desiderarmi ancora. Sensazione sconveniente, ma in un certo senso rassicurante. Mentre mi infilo il camice, osservo Tom. La circonferenza del cranio non supera quella di una pallina da ping-pong, eppure i lineamenti umani non sono spariti completamente. È intatta anche la fiamma in fondo alla pupilla. Il corpo, invece, ormai è quello di un uccello. Un cardinale col ciuffo rosseggiante.

Devo andare al lavoro, ma temo che lui voli via prima che io torni. D'impulso lo infilerei nuovamente in petto. Se cominciasse a cinguettare nello scollo, potrei far finta di fischiettare in playback. Se al contrario volasse davanti a tutti, senza che riuscissi a prenderlo... rischierebbe un attacco il panico e di sbattere contro queste maledette finestre, impossibili da aprire.

Mi inginocchio e raccolgo le mani a calice. Lui ci salta sopra goffamente. Nel silenzio dell'alba, Tom Cloudman fischia allegro. Mi impegno per rispondergli a tono, come se niente fosse. Lui replica tubando vivace. Mi avvicino alle rive del cielo. A ogni passo, i battiti del mio cuore accelerano e i suoi vibrano. Credo che tremi. Credo di tremare anch'io. Il silenzio opprime la voliera, perfino il vento tace. Canto dolcemente, con i piedi ancorati al pavimento. Apro le mani fino a formare una superficie quasi piatta. I muscoli degli avambracci sono tesi, mi concentro per non tremare troppo. Non posso fare a meno di sollevare i pollici per accarezzarlo. Quando lui passeggia sui palmi, le zampe mi solleticano. Continuo a cantare. Mi saltella sulla mano destra e si sistema davanti a me. Il minuscolo viso conserva ancora i tratti originari e gli occhi brillano come quelli del Tom Cloudman dei tempi d'oro! Mi viene un'idea strampalata: fargli una foto. Il mio modo di catturarlo senza impedirgli di decollare. Sotto le palpebre scorre una pellicola di ricordi. Qualcuno mi ha attaccato un proiettore in testa? Forse sono stata io. Mi figuro Tom con il costume da indiano mentre corre sul tetto della scuola, si lancia in aria prima di schiantarsi su un fico. O mentre gioca a calcio con i rollerblade, il suo numero preferito che si concludeva sempre con un fuoco d'artificio di gambe e braccia. Oppure quando percorreva in lungo e in largo i corridoi dell'ospedale, con il catetere staccato, le ali tagliate male e appiccicate coi cerotti.

I suoi occhi mi fissano con intensità. Tom continua a girare sui palmi, rallenta. Si trova davanti alla linea dell'orizzonte. Cerco di proseguire nel canto. Sensazione di solletico, agitazione di zampe, carezza di piume. All'improvviso il vento mi passa fra le dita. È partito...

Le falangi si rilassano e si richiudono. È partito. Sbatte le ali energicamente, senza voltarsi. Signore e signori, Tom Cloudman sta riuscendo nella sua ultima acrobazia senza rete. Ne sono orgogliosa. Mi aggrappo a questa idea che purtroppo svanisce nel nulla. Lui prende quota volteggiando sopra l'ospedale. La metamorfosi è completa. Tom non ha più bisogno di me. Ovunque vada, la Barbabietola non potrà raggiungerlo mai. Nessuno potrà farlo... Per sicurezza, canto ancora un po'.

Un giorno, lontano a venire, Tom Cloudman pianterà il corpo in una nuvola. In una sera invernale, tornerà sotto forma di fiocco di neve che non si scioglie. Sarò lì. Sarò l'unica a riconoscerlo.

Victor e io siamo andati a comprare qualche album di Johnny Cash. Poi, rotta verso il negozio di scherzi. Abbiamo fatto fuori tutto lo stock di palloncini e bombole di elio. La vecchia commessa mi ha chiesto se festeggiassimo il compleanno di sei gemelli; le ho raccontato la verità e lei si è messa a ridere come una pazza – forse un po' lo era davvero! Il nostro strano pellegrinaggio si è concluso con la visita in un negozio di articoli sportivi dove abbiamo comprato una nave gonfiabile tondeggiante, gialla e blu, di marca Sevylor.

Una volta riapprodati sulle rive del cielo, abbiamo tappezzato il tuo battellino di piume. A tratti l'eccitazione dei preparativi anestetizza la malinconia. Sui quotidiani di oggi, ho fatto inserire un breve annuncio relativo al funerale; ho specificato che desideravi fosse in costume: "Tema: uccelli e altri animali pelosi". A quel punto ci mancava solo un prete disposto ad accogliere gli animali umani nella sua chiesa. Scovarlo non è stato una passeggiata! Solitamente la prima smorfia, la facevano quando evocavo Johnny Cash. Insistevo molto su "Cash" perché se al tuo funerale umano ti fossi trovato un altro Johnny non me l'avresti mai perdonato.

Della Chiesa te ne frega ben poco, lo so, ma come sostiene la buffa Pauline: "Sennò non è una vera festa!". Inoltre ci tengo a mantenere qualche punto di riferimento per chi non ti è così vicino da capire il tuo percorso, ma lo è abbastanza da sentirsi a disagio.

Alla fine, un vecchissimo parroco dotato di un particolare senso dell'umorismo mi ha concesso l'assoluzione animale. Abita da solo in una chiesa-capanna piena di statuette religiose talmente kitch che sembrano prese al mercato delle pulci. Ha interpretato per me *Great Balls of Fire* di Jerry Lee Lewis in tono minore, "si accorda meglio all'atmosfera di un funerale", mi ha spiegato a occhi socchiusi. Se non fosse un sacerdote, non escluderei che ci provi un po' con me.

Il sole splende, i raggi sbattono sulla sveglia che in chiesa fa le veci dell'orologio. La campana suona flebile, come se stesse per fondere. Sono sul sagrato e distribuisco costumi da animali a chi non ha fatto in tempo a procurarseli. Ammiratori informati dall'annuncio di ieri, suppongo. La gente sfila con facce da funerale e travestimenti goffi.

Forse volevi sgretolare la patina di malinconia tipica delle sepolture perché nella vita ne hai viste alcune che ti sono risultate insopportabili. Avrei desiderato sapere chi erano quelle persone... Tutte cose che non hai avuto modo di raccontarmi... La mancanza di elasticità del tempo resterà per sempre una frustrazione.

Victor ha deciso di mascherarsi da "essere umano". Non abbandona mai il costume da acrobata che gli hai regalato. Pauline è vestita da cicogna. Bell'idea, peccato che sembri piuttosto un'oca da cortile. L'inserviente che si è occupata di te indossa un'enorme maschera da tigre, e così conciata somiglia a uno di quei costosissimi cani tutti grinzosi. Gli orchi che ti fornivano le piume hanno scelto un travestimento da orsi polari di ottimo taglio. È venuta perfino la vecchia signora a cui nella pazza notte del decollo avevi fracassato le tibie. Dal costume da ape con le ali di tulle, le spuntano tutte le ingessature; è di una magrezza tremolante e pare che impollini un fiore invisibile. Una meravigliosa infermiera nei panni di Catwoman la spinge sulla sedia a rotelle: sono contenta che tu non incroci il suo sguardo.

"Se avessi contemplato il tuo sedere nella preistoria, per l'ispirazione avrei inventato la ruota!" mi sussurrasti al termine di una gara di carezze. Oggi, con il pallone che mi cresce sull'addome, temo che mi scambieresti più per una tacchinona, soprattutto accanto a bellezze simili. Qua ecco un cervello di gallina vestito da coniglietta coi tacchi a spillo, là una pollastra vestita da pollastra, ma anche uomini-coccodrillo, cani con le orecchie penzoloni e uccelli male acconciati, infagottati in abiti troppo piccoli: tutta l'arca di Noè a raccolta. Qualche passante incuriosito si ferma all'entrata e mi chiede se nel nostro film recitano attori famosi. Rispondo di no.

La cerimonia ha inizio. Uomini e donne si alzano, e chi indossa una maschera la toglie. L'arrivo del tuo strano feretro suscita un fremito generale. Il silenzio si ispessisce, sulla chiesa cala il gelo, i passi dei becchini fanno tremare i timpani. Nessuno osa respirare, nessuno pensa a respirare.

Entra in scena il parroco. Il costume da scoiattolo gli calza a pennello! Attacca suonando *Hurt* di Johnny Cash. Le donne salmodiano le parole. Lui anima il canto come un predicatore del Far West in trance. Quando il verbo esplode, i peli del suo copricapo si agitano. Una coniglietta si alza e urla "yes!", poi torna a sedersi scusandosi con un gesto della mano. Il prete continua evocando ciò che definisce "la tua performance suprema". Nella mia testa piove, ma c'è spazio anche per qualche schiarita. Mi sento lava sul ghiaccio, fiocco di neve sul fuoco. Sono devastata dal desiderio di riavvolgere il tempo per rivivere ciò che abbiamo appena vissuto ogni volta che servirà, per poterti salvare e tenerti qui. Ma la cerimonia che desideravi è in corso, e non è ancora finita.

Lo zoo lascia la chiesa. Prossima tappa: la voliera. Gli invitati accorrono, sembra un compleanno di animali. Si siedono tutti in cerchio. Canto *Ain't No Grave* di Johnny Cash accompagnandomi al pianoforte a uccelli. Questa canzone ha la pulsazione di un vecchio treno. Ultima partenza per il cielo fra cinque minuti, cinque minuti...

Victor ti riempie la bara gonfiabile con libri, foto di sogni e di fantasmi, giocattoli suoi. Mi chiede se sono convinta che tornerai. Reprimo il pianto.

Ultima partenza fra quattro minuti...

Hai fatto scoppiare la tua anima come un puzzle per distribuirla in ogni palloncino di elio e tocca a me occuparmi di tutto questo?

Ultima partenza fra tre minuti...

Mi ripeto che una parte di te è ancora viva, non si può sognare una morte migliore.

Ultima partenza fra due minuti...

Gonfio i palloncini di elio con solennità. Gli animali si stringono gli uni agli altri.

Ultima partenza fra un minuto...

Batto le mani e chiedo al pubblico di unirsi a me per svegliare gli uccelli di soccorso. Poi una salva di applausi, una corale di pigolii invade la voliera e i fili dei palloncini appesi al feretro pneumatico si tendono. La fauna si alza come un sol uomo. Pauline si avvicina alle rive del cielo e mi cinge con le braccia paffutelle. Lo sfregamento dei tessuti provoca una scarica elettrostatica.

Partenza...

Sollevo appena la tua ultima dimora così che decolli da terra e il cielo la riconosca. Il pubblico lascia che il silenzio e il vento facciano il loro dovere. Trattengo il respiro. Abbandoni le mie braccia impercettibilmente. Anche percettibilmente. È l'ultima volta. Sono tentata di aggrapparmi allo scafo gonfiabile per ritrovarti, ma rischierei di cadere dall'alto, soprattutto perché siamo in pieno giorno. Victor osserva il decollo dal caleidoscopio che gli hai regalato.

Voli via davvero, ci scivoli fra le dita. Raggiungi te stesso. Tutti ti guardano scalare il cielo sbattendo le palpebre, qualcuno piange, qualcun altro applaude. Pauline mette le mani a visiera.

Ormai svolazzi a un centinaio di metri sopra la banchina. Gli uccelli non si odono più, non si ode più niente, sei quasi scomparso. Stai per causare la maggiore epidemia di torcicollo della storia. La lieve brezza che ti trascina mi accarezza la pelle. La tua ombra, invece, si sfilaccia. Se ti avessi comprato una nave più grande, sarebbe rimasta visibile più a lungo. Mi sarei stesa al tuo fianco, un attimo ancora.

Il cielo ti inghiotte e ti sparge in gocce. Sei solo un punto, strabuzzo gli occhi ma non riesco più a vederti. C'è nessuno? Lasciate qualcosa, una traccia!

Il vento è magnetico e, perfino nel cuore della giornata, i miei istinti notturni prorompono. Mi avvolgono come durante la metamorfosi. Seguirti.

Sei soltanto una macchiolina che volteggia al rallentatore. Mi avvicino ancora al cielo, le tempeste interiori mi spronano a raggiungerti. Mi aggrappo al cielo con le unghie, il pallone da calcio che ho sotto la pelle mi spinge in avanti. Il piede sinistro scivola, il vuoto mi aspira. Chiudo gli occhi per vederti meglio.

Una mano di peluche mi afferra saldamente il braccio sinistro: Pauline mi riconduce dalla parte della vita.

Epilogo

Un anno dopo.

Sono la mamma più felice nella categoria “vedove inconsolabili”. Il pallone da calcio è diventato un pallone da basket e poi un neonato. Vorrei che tu vedessi le sue dita in miniatura mentre mi scalano la pancia e gli occhioni che si illuminano come due misteriosi pianeti. Non ha ancora le sopracciglia ma le aggrotta già come te! Questo esserino mi piace per ciò che è e anche per ciò che diverrà pur non conservando ricordi tuoi. Spesso la gioia e la malinconia vanno in cortocircuito. Talvolta questa sensazione brucia al punto che devo staccarmi un po’ da te, però sto imparando a trovare la giusta distanza perché questo calore continui a scaldarmi.

Esattamente un anno fa hai spiccato il volo. Per celebrare la ricorrenza, ho aperto una bottiglia di Tom Cloudman millesimato. Forse fra nove mesi avremo un nuovo compleanno da festeggiare.

Victor fa il fratello maggiore. Penso che al piccolo abbia già raccontato svariati episodi di Spider Man. Ogni tanto mette qualche seme sul davanzale. Quando dorme, vado a toglierli: così crederà che sei stato tu a mangiarli.

Ringraziamenti

Alla primavera delle Olivia in fiore – de Dieuleveult e Ruiz – levatrici sufficientemente pazze da avermi aiutato a far sbocciare questo libro.

"I Narratori"

Claudio Piersanti, *I giorni nudi*

Daniel Kehlmann, *Fama. Romanzo in nove storie*

José Saramago, *Caino*

Herta Müller, *L'altalena del respiro*

Tishani Doshi, *Il piacere non può aspettare*

Roberto Moroni, *I migliori di noi*

Ruggero Cappuccio, *Fuoco su Napoli*

Alberto Manguel, *Tutti gli uomini sono bugiardi*

Jonathan Coe, *I terribili segreti di Maxwell Sim*

Jabbour Douaihy, *Pioggia di giugno*

Paolo Rumiz, *La cotogna di Istanbul. Ballata per tre uomini e una donna*

Davide Ferrario, *Sangue mio*

Enrique Vila-Matas, *Dublinesque*

Herta Müller, *Bassure*

Salwa Al-Neimi, *Il libro dei segreti*

Simonetta Agnello Hornby, *La monaca*

Meir Shalev, *È andata così*

Pino Cacucci, *¡Viva la vida!*

Antonio Tabucchi, *Viaggi e altri viaggi*

Laurent Mauvignier, *Degli uomini*

António Lobo Antunes, *Spiegazione degli uccelli*

Giulia Carcasi, *Tutto torna*

Sinan Antoon, *Rapsodia irachena*

Alessandro Mari, *Troppo umana speranza*

Claudia Piñeiro, *Tua*

Stefano Benni, *Le Beatrici*

Ryszard Kapuściński, *Cristo con il fucile in spalla*

Boris Biancheri, *Elogio del silenzio*

Rolf Bauerdick, *Come la Madonna arrivò sulla Luna*

Erri De Luca, *E disse*

Rana Dasgupta, *Solo*

Ilaria Bernardini, *Corpo libero*

Louise Erdrich, *Passo nell'ombra*

Paolo Rumiz, *Il bene ostinato*

Emir Kusturica, *Dove sono in questa storia*

Claudio Fava, *Teresa*

Ricardo Piglia, *Bersaglio notturno*

Susan Abulhawa, *Ogni mattina a Jenin*

Stefano Ferrio, *La partita*

Natan Dubovickij, *Vicinoallozero. Gangsta Fiction*

Ingo Schulze, *Arance e angeli. Bozzetti italiani*

Marco Archetti, *Sabato, addio*

Nataša Dragnić, *Ogni giorno, ogni ora*

Herta Müller, *Oggi avrei preferito non incontrarmi*

Banana Yoshimoto, *High & Dry. Primo amore*

Gioconda Belli, *Nel paese delle donne*

Oliver Harris, *L'impostore*

Marcela Serrano, *Dieci donne*

Nicolas Barreau, *Gli ingredienti segreti dell'amore*

Paolo Di Paolo, *Dove eravate tutti*

Erri De Luca, *I pesci non chiudono gli occhi*

Rabee Jaber, *Come fili di seta*

Enrique Vila-Matas, *Esploratori dell'abisso*

Antonio Tabucchi, *Il piccolo naviglio*

Benedetta Palmieri, *I Funeracconti*

Amos Oz, *Il monte del Cattivo Consiglio*

Peter Carey, *Parrot e Olivier in America*

Davide Longo, *Ballata di un amore italiano*

Alessandro Baricco, *Mr Gwyn*

A.M. Homes, *Musica per un incendio*

Benedetta Cibrario, *Lo scurnuso*

Daniel Glattauer, *In città zero gradi*

Gonçalo M. Tavares, *Imparare a pregare nell'Era della tecnica. La posizione nel mondo di Lenz Buchmann*

Nicola Gardini, *Le parole perdute di Amelia Lynd*

Claudia Piñeiro, *Betibú*

Cesare De Marchi, *L'uomo con il sole in tasca*

Anna Funder, *Tutto ciò che sono*

Ambra Somaschini, *Le regole della nebulosa*

Ali Smith, *C'è Ma Non Si*

Piersandro Pallavicini, *Romanzo per signora*

Laurent Mauvignier, *Storia di un oblio*

Giovanni Montanaro, *Tutti i colori del mondo*

Alessandro Baricco, *Tre volte all'alba*

Janne Teller, *Niente*

Pino Cacucci, *Nessuno può portarti un fiore*

Mathias Malzieu, *La meccanica del cuore*

Pallavi Aiyar, *L'incredibile storia di Soia e Tofu*

Charles Bukowski, *Scrivo poesie solo per portarmi a letto le ragazze*

Alessandra Arachi, *Coriandoli nel deserto*

Erri De Luca, *Il torto del soldato*

Rodrigo Rey Rosa, *Severina*

Enrique Vila-Matas, *Un'aria da Dylan*

Danny Wallace, *La ragazza di Charlotte Street*

Paolo Sorrentino, *Tony Pagoda e i suoi amici*

Amos Oz, *Tra amici*

José Saramago, *Lucernario*

Antonio Ungar, *Tre bare bianche*

Salvatore Niffoi, *Pantumas*

T. Coraghessan Boyle, *Il ragazzo selvaggio*

Guido Rampoldi, *L'acrobata funesto*

Banana Yoshimoto, *Moshi moshi*

Mauro Corona, *La casa dei sette ponti*

Nicolas Barreau, *Con te fino alla fine del mondo*

Etgar Keret, *All'improvviso bussano alla porta*

Grazia Verasani, *Cosa sai della notte*

Ilaria Mavilla, *Miradar*

Kurt Vonnegut, *Guarda l'uccellino. Racconti inediti*

Stefano Benni, *Di tutte le ricchezze*

Liane Moriarty, *In cerca di Alice*

Jabbour Douaihy, *San Giorgio guardava altrove*

Ilaria Bernardini, *Domenica*

Daniel Pennac, *Storia di un corpo*

Virginia Virilli. *Le ossa del Gabibbo*

Paolo Rumiz, *Trans Europa Express*

Gianni Mura, *Ischia*

Daniel Glattauer, *Per sempre tuo*

Erri De Luca, *La doppia vita dei numeri*

Nadine Gordimer, *Ora o mai più*

John Cheever, *Una specie di solitudine*

Ryszard Kapuściński, *Se tutta l'Africa*

Manuel Vázquez Montalbán, *La bella di Buenos Aires*

Cristina Comencini, *Lucy*

Emiliano Gucci, *Nel vento*

Zeruya Shalev, *Quel che resta della vita*

Andrea Canobbio, *Tre anni luce*

Raquel Martos, *I baci non sono mai troppi*

Jean-Luc Siegle, *Invecchiando gli uomini piangono*

Richard Ford, *Canada*

Andrea Bajani, *Mi riconosci*

Enrico Franceschini, *L'uomo della Città Vecchia*

Paolo Di Paolo, *Mandami tanta vita*

Eduardo Mendoza, *O la borsa o la vita*

António Lobo Antunes, *Arcipelago dell'insonnia*

Giuseppe Rizzo, *Piccola guerra lampo per radere al suolo la Sicilia*

Roberto Saviano, *Zero Zero Zero*

Marcela Serrano, *Adorata nemica mia*

Martino Gozzi, *Mille volte mi ha portato sulle spalle*

Francesco Fracassi, *Aumarais*

Marco Mancassola, *Gli amici del deserto*